妹が女騎士学園に入学したらなぜか救国の英雄になりました。ぼくが。5

ラマンおいどん

ファンタジア文庫

3393

口絵・本文イラスト　なたーしゃ

妹が女騎士学園に入学したらなぜか救国の英雄になりました。ぼくが。

After my sister enrolling in Girl Knights'School, I become a HERO.

5

author.
ラマンおいどん
ill. なたーしゃ

1章　温泉とダンジョン

1

ある寒い冬の日。

城の自室にいたぼくが、コタツでミカンを食べながら夕食は何にしようか考えていると、公爵令嬢にして女騎士であるユズリハさんがやって来た。

そのまま流れるようにコタツの向かいに座って一言。

「──近々、わたしは実家に帰ろうと思う」

「そうですか。お世話になりました、お気を付けて」

「そこは少しくらい引き留めてもいいんじゃないか⁉」

んなこと言われましても。

ユズリハさん家《ち》の事情も知らないぼくが、勝手に引き留められるはずもない。

むしろ今まで辺境伯領にいてくれたことの方が不思議なのだ。

けれどまあ、このままだと拗《す》ねそうな雰囲気なのでお話を伺う。

「サクラギ公爵領で何かあるんですか？」

「うん。次期公爵家当主のわたしが成人する儀式があるんだ」

「おめでたい話じゃないですか」

事情を聞いたら、余計に引き留めるわけにいかなくなった。

「そういうことなら、公爵領でゆっくりしてください」

「……なんとかキミと一緒に行けないか頑張ってみたんだが、これぱっかりは難しくてな。なにしろサクラギ公爵家の次期当主成人の秘祭に参加できるのは、直系血族以外となると次期当主の伴侶だけなんだ。キミはわたしの相棒だから、伴侶同然として認めさせようと何度も交渉したんだが——」

「しなくていいですよそんなこと⁉」

なんということでしょう。

ぼくが知らない間に、公爵家秘祭の特別ゲストになりかけてたよ。

しかし成人するのに謎の儀式が行われるなんて、さすが由緒《ゆいしょ》正しい公爵家だと感心する。

ぼくみたいな庶民は身内でお祝いするのがせいぜいだからね。

「それで、いつ出発するんですか？」

「明日だ」

「そりゃまた急ですね」

「本来ならとっくに出立している時期だからな。儀式の準備が終わったら帰ってくるさ」

「せっかくですからゆっくりしてくれば――」

「すぐに帰ってくる。いいな」

ユズリハさんがぼくを見据えて力強く断言する。

きっと女騎士学園で鍛錬するために、一日も早く戻ってきたいのだろう。

さすがユズリハさん。名実ともに国一番の女騎士である。

そういうことなら、ぼくにできることは一つ。

「じゃあ今日の晩ごはんは、ユズリハさんの好物で豪勢にいきますか」

「わあぃ」

――ということで、その日の晩ごはんはユズリハさんのリクエストで肉尽くしとなった。

とんかつ、チキンカツ、ビーフカツ。

ポークソテーにチキンソテー、ローストビーフ。

それら肉という肉が卓上に所狭しと並び、極めつけにユズリハさんだけ白米の代わりにカツ丼大盛りが用意されるという、まさに肉の祭典。

ユズリハさんはもちろん、妹のスズハやメイドのカナデにも大好評だった。

「兄さん、今日はいったい何のお祭りなのですか……⁉」

「ユズリハさんが公爵領に戻るから、お別れパーティーだよ」

「にく、うまー……！　ユズリハはまいにち公爵家にもどるべき。それくらいうまし」

まあみんな、育ち盛りの体育会系女子だからね
そしてユズリハさんは、なんだか難しい顔をして。

「むっ……毎日戻れば、毎日この肉ざんまい祭りが……？」

「そんなわけありませんよね⁉」

まあなんにせよ、喜んでくれてよかった。


そうしてユズリハさんは翌日の朝、見送るぼくらを何度も振り返りながら、公爵領へと帰っていったのだった。

＊

さて。

ぼくは身も心も庶民だけど、それでも現在不本意ながら、ローエングリン辺境伯なんて

肩書きもあるわけで。

それにユズリハさん個人も、公爵令嬢とかの身分的なアレはともかくとして、ぼく的にとても親しい友人だと認識している。

つまり公的にも私的にも、お祝いを贈りたいと考えるのが当然で。

けれど元が庶民のぼくは、貴族の贈り物なんてものには全くもって詳しくない。

なので知ってそうな人に聞くことにした。

執務室で書類を捌《さば》きまくる、有能官僚アヤノさんならば知っているに違いないと睨《にら》んで、さっそく事情を説明すると。

「一般的な贈答品でしたら、こちらで準備して贈っておきますが」

「うん、それもよろしく。でもそういうのとは別に、なにかこう感謝を伝えたいというか。なにしろユズリハさんには滅茶苦茶《めちゃくちゃ》お世話になってるからね」

「そうですか……」

アヤノさんが、目立たないけど整った眉を寄せて考えることしばし。

「普通ならば財宝や魔道具、あとは美術品などといったところが一般的ですが。とはいえサクラギ公爵家には、その類の品物は山のように贈られていると思いますよ？」

「そうだろうねえ」

なんたって、我が国貴族の最上位たる公爵家の次期当主にして大陸最強女騎士でもあるユズリハさんの成人の儀式だ。

多くの貴族は少しでも覚えをめでたくしようと、こぞって高価な品を贈るに違いない。

それが貴族というものだろう。たぶん。

「閣下が美的センスに自信をお持ちでしたら、閣下自ら美術品を選んで贈るということもアリだと思いますが？」

「それは止《や》めておくよ」

「承知しました」

庶民出身のぼくにそんなセンスを期待されても困る。

それにサクラギ公爵邸を訪れたときに見た邸内は、目利《めき》きを重ねて選び抜かれたことがぼくですら一目で分かる調度品のみが使われていた。

そんな美に囲まれて暮らしている相手に、美術品を贈る度胸なんてあるはずもない。

「うーん……」

「それにそもそもですがユズリハ嬢やサクラギ公爵は、閣下に対して贈り物のセンスなど最初から期待していないと思いますけどね？　……もっとも、別の方面の期待は極限まで重いでしょうが」

「自覚がなければ気にしなくて結構です。それもまた閣下の魅力ですので」

なぜかアヤノさんに呆《あき》れ顔で褒められた。まあそれはともかく。

「庶民だと、贈り物って実用品贈っておけば間違いないんだけどね。あと消え物」

「消え物、ですか？」

「そう、タオルとかサラダ油とかさ。そういうのなら他人と贈り物が被《かぶ》っても困らないし、絶対に使うし、使えばなくなるから邪魔にならないし」

「それは庶民というより閣下の嗜好《しこう》なのでは……？」

「そうかなあ」

少なくともぼくの周囲はそうだったんだけど。

「でも貴族だと、食べ物なんかを贈るとかないだろうし……」

「貴族の贈答品でもありますよ。食べ物」

「ええっ！　貴族もサラダ油贈るの⁉」

ぼくが驚いて聞き返すと、さすがにアヤノさんが苦笑して。

「いえ、サラダ油は贈りませんが。それより高級食材とかですね。閣下も以前、聖教国の大司教から山のようなカニが贈られてきたでしょう？」

「ああ……そんなことあったね……」

もの凄《すご》く美味《おい》しいはずなのに、贈ってきた政治的背景が気になったせいであんまり味がしなかったやつだ。

「それに儀礼的な贈答品以外に食材を贈るというのは、いかにも閣下らしくてよいのでは。ユズリハ嬢も閣下の手料理を毎日美味しそうに召し上がっていますし。むしろその食材で、閣下の手料理を作って差し上げればなお喜ぶでしょうね」

「……そんなのお祝いにならないと思うけど？」

なにしろぼくは、プロの料理人でもなんでもないのだ。

けれどアヤノさんはきっぱり否定して、

「そんなことはありませんよ。狩猟好きの領主が自ら獲《と》ってきたキジやシカなどを捌いて招待客に振る舞うというのは、親しい間柄のパーティーではよくあるおもてなしですし。それと同じと思えば」

「ふむ……」

「一般的な贈り物は別にするわけですから、あまり大げさにする必要もないかと。それに閣下が新米辺境伯であることは、相手もよく知っているわけですし」

「なるほど？」

「それに閣下は、サクラギ公爵からお身内同然の扱いをすると宣言されていますからね。一般的な贈答品とは別に、身内ならではのお祝いをするというのも悪くないと思います。少なくとも悪印象にはならないでしょう」

アヤノさんの意見はもっともだ。

それに言われてみれば、料理を贈るというのはぼくらしくて良いかもしれない。

お金や美的センスが影響されないのもいい。

――というわけで。

ぼくは自分で食材を獲ってきて、ユズリハさんにお祝いの料理を作ろうと決めた。

2

では具体的に、どんな獲物を狙いに行くか。

アヤノさんや城内にいる人の意見を聞いてみると、シカだのクマだのキジだのと色々な意見が出たけれど、どうにもピンと来ない。

なんというか、貴族的な料理の名前がいっぱい出てくるのだ。

なんかこう、ドレスを着た貴族令嬢たちがオホホと笑いながら少しずつ口にするような、そういう料理名。トリュフとかキャビアとかビシソワーズとか。

でもぼくのイメージのユズリハさんは、庶民的なごはんでも美味しそうに食べる人だ。フィレよりバラ肉、コンソメよりトンコツ。

やっぱりユズリハさんは、食の好みとしては公爵令嬢より女騎士寄りだと思うんだよね。少なくともぼくが見てきた限りでは。

女騎士のことは女騎士に聞くべし。

ということで、女騎士学園の分校に行く。

すると中庭に、スズハとツバキの姿を見つけた。

妹のスズハは、ユズリハさんに負けず劣らずのフードファイター。意地汚いだけかも。そしてツバキは東の異大陸の出身だから、こちらでは聞いたことない食材も知っていそう。

さっそく話を聞くことにする。

「スズハ、何してるの？」

「兄さん。──今はツバキさんの、新しい必殺技を見ていたところです」

「ふうん」

「ですが、何度見ても技の細かい部分がよく分からなくて」

「そういう時は一度、自分で受けてみるといいよ」

　他人の技を横から見ること、そして正面から受け止めること。

　その二つが合わさると、より技に対しての理解が深まると思う。

「はい。ですが、それが難しくて……」

　なぜだろうとツバキを見ると、メロンより大きい胸を張って答えた。

「新必殺技は超デンジャラスなのだ。具体的には手元が狂って寸止め失敗するかもなのだ。

　そしたらスズハが首スパーなのだ」

「それはダメだねえ」

　ツバキの胸を押さえつけるサラシが、ギチギチと今にも千切れそうになっていることが
　気になりつつも相づちを打つと。

「ちょうどいいので、おぬしに相手をお願いしたいのだ」

「……ぼく？　なんで？」

「おぬしが相手なら、拙《せつ》が手加減失敗しても平気なのだ。ていうか最初から手加減なんて
　必要ないのだ」

「そうかもしれないけどさ……？」

　だからと言って、首を狙われるのは嬉《うれ》しくないわけで。

ぼくは戦闘狂でも特殊性癖の持ち主でもないのだ。

けれどスズハは、そんな兄とは別意見のようで。

「なるほど！　兄さんが相手なら、全力で首を刎《は》ねにいっても問題ありません！」

「なんならスズハと二対一で襲っても問題ないのだ。そうするのだ？」

「やりましょう、ぜひ！　二人で兄さんを倒して、ご褒美《ほうび》を貰《もら》うんです！」

話がヘンな方向へと行くのを慌てて止めようと、

「あのね、ぼくは二人に聞きたいことがあって来たんだけど……？」

「そんなの後でいくらでも聞いてやるのだ。それとも怖いのだ？」

いやそういう問題じゃないと答える前にスズハが、

「そんなわけありません！　わたしの兄さんは、世界一素敵でカッコよくて最強です！

なのでツバキさんなんか、ぺぺぺいっと倒しちゃいます！」

「あのね、二人とも……？」

「いくのだ、スズハ！」

「はい、ツバキさん！」

――結局その後、日が暮れるまで二人の模擬戦に付き合わされた。

ぼくはただ、女騎士の好きな食べ物が聞きたかっただけなのに。

もちろん二人ともボコボコに指導した。愛の鞭《むち》というやつだ。

そして最後は衝撃が重なったことでツバキのサラシがブチッと切れて、豊満すぎる胸がまろびでたところで終了となった。

結局、二人から女騎士の好物について聞くことはできなかった。

＊

夜になって城に戻るとトーコさんがいた。

「あれ？　トーコさん、どうしたんですか？」

トーコさんはこの国の女王で、いつも遠く離れた王城で忙しそうにしている。

事前連絡もなしに来るような人じゃないんだけれど。

ぼくの問いに、トーコさんは少し困ったような表情を浮かべて。

「それがこの前さー、ボクってば王城で倒れちゃって」

「えっ⁉」

「医者には過労だって診断されたんだけど。そしたら、サクラギ公爵がこう言うわけよ。スズハ兄と温泉旅行でも行って、疲れを癒やしてこいって」

「それはいいんですけど、なぜそこでぼくの名前が……？」

「だってスズハ兄、ユズリハやスズハたちと温泉行ったらしいじゃん。そのことをボクが公爵に恨みがましく擦《こす》り続けてたからじゃないかな？」

「そうなんですか……？」

言われてみれば、そんなこともあったような。

「あの時は、疲れ切っていたユズリハさんの慰労もあったので……」

「今のボクは途轍《とてつ》もなく疲れてるよ？　なのにスズハ兄は、ユズリハとは温泉に行ってもボクとは行けないって言うのかな？」

「いちおう、ぼくにも仕事があるんですが……？」

まあ貴族にとって、女王の接待は最優先の仕事という気もするけれど。

「ふうん？　ちなみにスズハ兄の最近の仕事って？」

「それはユズリハさんの好物を……そうだ、教えて欲しいことがあるんですが」

「なによ？」

ユズリハさんとトーコさんは間違いなく一番の親友同士。

ならばユズリハさんの好物は、トーコさんに聞くのが一番手っ取り早い。

ぼくは事情を話してトーコさんに助力を求めることにした。

「──というわけで、どんな食材がいいか考えてるんですが」

「ふうん……スズハ兄にしてはいいとこ突いてるじゃない」

「へ？」

「ユズリハを特別な手料理でお祝い、ってところ。それってば、スズハ兄ができる中でも最高のおもてなしじゃない？　絶対に感激すると思う」

「そ、そうですか？」

「まあこれをスズハ兄以外がやったら、ユズリハがブチ切れること大確定だけど！」

「それって褒められてますかね……？」

「もっちろん！　ユズリハの胃袋も何もかも摑《つか》んでるってことだからね！」

ぼくとしてはユズリハさんの何かを摑んだ覚えはないけれど、それはさておき。

「それで、どんな食材がいいと思います？」

「んー。ユズリハなら、スズハ兄の作った料理ならなんでも食べると思うけど？」

「ぼくもユズリハさんが好き嫌いしてるところは見たことないんですよね……」

「強《し》いて言えば肉じゃない？　脂身たっぷりの強烈な、もう肉って感じの肉」

「ですかね……」

「スズハ兄が仕留めた獲物の肉で、カツ丼でも作ってあげれば？」

「まあカツ丼かどうかはともかく、ぼくもその方向は考えたんですけど」

なにしろ、自分の手に入れられる中で最高級……かどうかはともかく、一番美味《おい》しいと
ぼくが思うお肉を出してあげたい。ユズリハさんにはお世話になってるしね。

そして、ぼくが知る限り一番美味しいのは魔獣のお肉。

それはもう滅茶苦茶《めちゃくちゃ》美味しい。もうぶっちぎりに美味しい。

あの味を知ってしまったら、もうそれ以外でお祝いなんて考えられない！　ってくらい、
もはや次元が違うのだ。

なんだけど、一つ重大な欠点があって。

「本当は魔獣のお肉を使った焼き肉とかステーキとか出したいんですけど、どうやっても
不可能ですからね」

「なんで？」

「だって魔獣のお肉って、保存ができませんから。まさかユズリハさんに、料理のために
旅に出ましょうとも言えませんし」

するとトーコさんは、そういうことかとポンと手を打って。

「ダンジョンの魔獣なら、保存できるよ？」

「えええっ⁉」

「そこらにいる魔獣と違って、ダンジョンの魔獣は魔力が充満した中で生活するからね、魔力が抜けて腐るまでが長いのよ。まあその分、ダンジョンの魔獣はそこらの魔獣よりも格段に強いから、普通は敬遠するんだけど——」

「大丈夫でしょう。ニワトリが倍強くなっても所詮はニワトリ、それと同じです」

「——まあスズハ兄ならそう言うわよね」

その時、天井の一部がぱかりと開き。

「はなしは聞かせてもらった」

「カナデ？」

「まーかせて」

そう言って、銀髪ツインテール無口褐色ロリ巨乳美少女メイドであるところのカナデが天井の穴から三回転半捻《ひね》りを決めながら、ぼくたちの前に降り立った。

手に持ってるのは……旅館のパンフレット？

「ご主人さま、おんせんとダンジョンは一心同体」

「そうなの？」

ダンジョンの熱が温泉を温めるとか、そういう効果でもあるんだろうか。

まあそこら辺は深く追究しなくてもいいけど。

「いいおへや。おいしいしょくじ。ろてんぶろ。たっきゅうだい」

「でもお高いんでしょう？」

「だいじょうぶ。ここまでつけて、なんと無料《タダ》」

「えええええ！　本当に⁉」

「もちのろん。なぜならそこに、すぽんさー」

カナデがばっちり指さす先には、当然のようにトーコさんが。

ていうか自国の女王様を指さしちゃいけません。

けれどトーコさんは、無礼なメイドの振る舞いを怒ることなくニコニコ顔で。

「うん、それいいかも。ボクが湯治してる間に、スズハ兄は近くのダンジョンで魔獣討伐。一石二鳥じゃない！」

「でもお高いんでしょう……？」

「女王が泊まる旅館が高級じゃないのも困るからね。それにボクが一緒なら、必要経費でスズハ兄の分も出すけど。どうよ？」

「いや、でも悪いですし……」

「そんなことないって。そうだ、せっかくダンジョン行くなら実地訓練ってコトにして、女騎士学園分校の希望者も一緒に連れてこうよ。ねえスズハ兄、こんなチャンスは滅多にないと思うけど？　だってタダだし」

「う、うーん……」

ぼくは抵抗した。すごく頑張って抵抗した。

そしてあっさり敗北した。

だってタダで高級温泉旅館なのだ。そんなの負けるに決まってるよね。

というわけで、ぼくとトーコさんたちの温泉ダンジョン湯けむりの旅が大決定した。

3

アヤノさんたちに留守を任せて、城を出てダンジョンへと向かう。

メンバーはぼくとスズハ、トーコさん、ツバキにメイドのカナデとうにゅ子。

せっかくなので女騎士学園分校の生徒も実習ついでにどうかと声を掛けたんだけれど、参加したのはツバキ一人だった。

他の生徒たちはダンジョンなんて危険すぎる、みたいな反応だった。大げさだなあ。

そんなぼくたちは森を抜け谷を越え、順調に進んでいく——のはいいんだけど。

「……トーコさんもいるのに、こんな少人数でいいんだろーか？」

幅五十メートルのクレバスをジャンプしつつ呟《つぶや》くと、ぼくの腕に抱かれたトーコさんが不思議そうに聞き返してきた。

「なにか問題あるの？」

「いやだって、女王のトーコさんが出掛けるんですから、護衛部隊が必要じゃないかと。近衛《このえ》騎士とかそういう」

「スズハ兄ってば、この前もそんなこと言ってたね？」

トーコさんがぼくにお姫様抱っこをされたまま、器用に肩をすくめて。

「んなもん要るわけないでしょ。前と違ってユズリハはいないけど、それでもスズハ兄もスズハもうにゅ子もいるし、あのツバキって異大陸の子も強いみたいじゃない？」

「スズハと同じかそれ以上には強いので、普通の盗賊とかには負けないかと」

「なら平気に決まってるでしょ」

まあうにゅ子がいる段階で平気なのは間違いないか、と思いつつ着地してまたジャンプ。なるべく腕に衝撃が伝わらないように微調整する。

——ところで、どうしてぼくがトーコさんをお姫様抱っこしているのかというと。

「うーん、やっぱりちょーっと怖いかな？　スズハ兄、もーすこし強く抱いて」

「えっと……こんな感じですか？」

「そうそう。ボクはひ弱な女の子なんだから、落ちないようにしっかり抱きしめてね！」

そうなのだ。

ぼくたちは邪魔になる馬車もないからと、険しい峡谷や滝が連続する近道を選択した。

道中はクレバスや毒沼なんかもあって一般的には危険だけれど、スズハやカナデくらいの身体能力があれば問題なく通過できる。

ところが実際の道を見て、即座にムリだと悲鳴を上げたのはトーコさん。

魔導師だし魔法で空を飛ぶとかするかと思ってたけど、そんな魔法などないんだとか。

なのでどうしようかと考えた結果。

あろうことかトーコさんが「スズハ兄がボクをお姫様抱っこすれば万事解決！」というアイディアを出して。

スズハが猛反対したものの、結局いい代替案が出せずに決まったのだった。

……ちなみにスズハは「わたしがトーコさんをお姫様抱っこします！」と息巻いたが、実際やってみてムリだと分かった。

お互いの大きすぎる胸がぎゅうぎゅうと押しつけ合って、そりゃもう凄《すご》かったのだ。

「兄さん！」

そんなことを考えながら進んでいると、頭にうにゅ子を乗せたスズハが近づいてきて。

「もう少しで、普通の道に戻りますね！」

「そうだね」

ぼくたちの視界の少し先には、鬱蒼《うっそう》とした樹林帯が広がっている。

飛んだり跳ねたりで進む箇所は、そろそろ終わりのようだ。

ようやくトーコさんを降ろせると内心ホッとしているぼくに。

なぜかスズハが、おかしな要求をしてきた。

「森に入ったら、次はわたしをお姫様抱っこしてください！」

「うにゅー！」

「……なんで？」

ぼくが当然の疑問を投げると、スズハがむやみやたらと成長した胸を張って。

「それが公平というものだからです！」

「意味が分からないよ!?」

「女王を抱いたら、妹も抱く——それが真の公平ってヤツではないでしょうか！」

「ないと思うなあ!?」

「くっ……この流れるような理論で、まさか兄さんを言いくるめられないとは……」

「う、うにゅ――……!」

なんで言いくるめられると思ったかの方が疑問だよ。

あとにゅ子も、なんでスズハの頭の上にしがみつきながら残念がっているのか。

兄としてスズハの将来を心配していると、今度はスズハの反対側からメイドのカナデが銀髪ツインテールをなびかせながらやって来て。

「ご主人さまにされるお姫様だっこ。とてもみりょく」

「あはは。カナデも疲れたらやってあげるよ」

「……そういえば疲れてきたかも」

「そうは見えないけど？」

「……メイドのからだは、とてもか弱い。あとはその、持病のしゃくが」

「しゃく？」

「しゃくとは、か弱いメイドがとつぜんなる病気。いまも胸がいたい……気がする」

「ホントに……？」

なんというか、カナデの仕草が凄く演技っぽい。

どうしようかと考えたけれど、ここはあえて乗ってあげることにした。

最年少のカナデが珍しく見せたワガママ、できれば叶《かな》えてあげたいからね。

その後、樹林帯の手前まで来たところでトーコさんを降ろしてから、代わりにカナデをお姫様抱っこして歩いた。

スズハがぼくを見ながら大いに悔しがってたんだけど、兄にお姫様抱っこされてなにが嬉《うれ》しいのかと問いたい。

それに女騎士見習いたる者、ラクをしようとしちゃダメだよね。

＊

その日の野営の準備を済ませて夕食も水浴びも終えた頃には、すっかり日も暮れて。

カナデとうにゅ子、ツバキの三人はもう静かに寝息を立てている。

……三人とも腹を出して寝ているのは、ちょっとどうかと思うけど。

そしてぼくとスズハ、トーコさんは、焚火《たきび》を囲みながら雑談していた。

今回の旅は、最近いつもぼくたちと一緒だったユズリハさんが一緒ではない。

その代わりに彼女の親友であるトーコさんが一緒となれば。

話題は自然と、ユズリハさんの昔話になるのだった。

「――あの子ってば、小さい頃から男に関しては相当こじらせてるからねー」

焚火に照らされたトーコさんが、悪い顔をしながら親友の過去を語っていく。

「なんたって貴族最上位の公爵令嬢だから実家はカネも権力も捨てるほどあるし、それに本人のスペックも顔もスタイルもぶっちぎりな国内最強女騎士で超有名人だったからね。もう国内外を問わず、男がわんさか寄りまくってくるわけ。――あの頃の貴族の男子で、ユズリハに恋してない男は一人もいなかったって断言できるねー」

「ほえー……」

まあユズリハさんなら、それくらいの逸話があっても不思議じゃないかもだけど。

感心するばかりのぼくの横で、スズハが「はいはい」と手を上げて。

「ですがその頃、同年代には顔もスタイルも互角の王女がいたはずですが？」

「あー。ボクはてんで人気なかったわ」

「とてもそうは思えませんが？」

「スズハも憶《おぼ》えておくといいよ……後継レースで勝ち目が見えない王女なんてものはね、他国の王家に嫁がされるって相場が決まってるの。つまり最初から対象外ってこと」

「なるほど。勉強になります」

「ホントに⁉」

スズハがその知識を役立てる日がくるとは到底思えないけど。

「でも一人も、ユズリハのお眼鏡にかなう男はいなかった。それどころか婚約者の候補もみんなイヤだって言い出したのよ。その理由はまあ、ユズリハの理想が高すぎたっていう、よくある話なんだけどね」

「どんな理想だったんです？」

「そりゃもう簡単——少なくとも、自分よりは強いこと」

「あー……」

そりゃムリだねえ、と苦笑するしかない。

「話を聞いたとき、ボクも目が点になったもんだわ。その後はボクと公爵が二人がかりで説得しまくって、最終的に国内外の貴族に対して宣言したわけ。こうなったら少しばかりハンデ戦でもいいから、ユズリハに勝った男を婿候補にするってね」

「うわぁ」

なんかそれ、オチが見えたような。

ぼくの予感は正しいとばかりにトーコさんが肩をすくめて、

「まあ後から考えたら、そんなのでユズリハに勝てたら苦労しないわよねえ。結果的には例えばある勝負ではユズリハが小指一本、伯爵家長男が両手で腕相撲したにもかかわらず、ユズリハが瞬殺したあげく衝撃で長男の両腕が折れたとか」

「……」

「全身鎧《よろい》で固めた侯爵家次男を普段着のユズリハがビンタ一発で半年間入院させたとか、まあさんざんだったわけよ。当然勝った人間なんて一人もいないし、ユズリハにこっそり陰でつけられた渾名《あだな》がゴリラ令嬢」

「『ゴリラ令嬢』」

「まあユズリハとしては、婚約者候補だからって手を抜かずに相手した結果らしいけど」

それなんとなく分かる。

ユズリハさんって妙なところで真面目というか、手を抜けない所があるんだよね。

「ユズリハさんらしいかも」

「まあねー。……そんなこともあって、その五年後に理想の相手が現れたときはもうね、滅茶苦茶《めちゃくちゃ》舞い上がりまくったわけよ。隙あらばボクに自慢したり惚気《のろけ》たりしてくるわけ。それで『いいだろー。王女は庶民と結婚できないからな！』とか自慢してさ」

「へえ」

するとユズリハさんのお眼鏡にかなう相手は庶民なんだろうか。

それにしても、本気のユズリハさんより強い相手というのは大したものだ。

ぼくらと訓練するときなんかは、あくまで本気じゃないはずだからね。

「……またスズハ兄がアホなこと考えてる顔してるけど」

「ひどい⁉」

「まあそれはともかく、ボクの言いたいことはね」

こほん、とトーコさんが咳払《せきばら》いをして。

「――ユズリハは陰で、ボクが乙女チックだの夢見がちだの白馬の王子様を待ってるだの言ってるみたいだけど、ユズリハの方がぜんぜん乙女な少女なんだからね！　そこんとこ忘れないよーに‼」

「ああ、そういう」

なんでトーコさんがユズリハさんの過去を暴露したのか、ようやく分かった。

「……えっと兄さん。これは自分が恥ずかしい目に遭ったから、逆恨みでユズリハさんも同じ目に遭わせてやれっていうことでしょうか……」

「スズハ。それ以上はいけない」

忘れがちだけどトーコさんは女王で、ユズリハさんは公爵令嬢。

そんな貴族の頂点に立つ方々の醜聞を、暴露されたぼくたちは。

ただ黙って、頷《うなず》くことしかできないのだから――

4（アヤノ視点）

ローエングリン城の執務室。

トーコに渡された手紙を読み終えたアヤノは、得心がいったとばかりに息を吐いた。

「なるほど、そういうことでしたか……」

ダンジョンへの出発直前、女王のトーコがこっそり渡してきた手紙。

そこに書いてあったのは、遷都計画を早急に実行したいということと。

スズハの兄がいない間に、事務方で可能な限り準備しておいて欲しい、という内容で。

「それならトーコ女王が一緒に行った理由も納得できますね」

トーコが過労で倒れたというのは、恐らく本当だろう。

そこで疲れを癒やすため、更にはスズハ兄のご機嫌伺いもかねて、ローエングリン領を訪問した。それも分かる。

けれどそこから、トーコたちがダンジョンだの温泉だのに行く理由が謎だった。

疲れを癒やすために温泉、なんて聞こえは良いが、実際トーコの主目的はスズハの兄のポイントを稼ぐことのはず。

ならばわざわざ温泉など行かずとも、城内でのんびりしてればいいのだ。

実際アヤノは、スズハの兄がダンジョンに行くと聞いた時には驚かなかったけれども、トーコが一緒に温泉に行くと聞いた時には僅かに目を見開いたものだ。

——けれどそこに、遷都の下準備という事情が入るなら話は変わる。

つまりトーコは、ダンジョン云々《うんぬん》の事情は関係なしに、最初からスズハ兄を温泉旅行に誘うつもりだったのだ。

カナデが温泉旅館を紹介したと聞いたが、それも恐らくトーコの仕込みだ。

さすがにスズハ兄がダンジョンに行きたいという話は偶然だろうが——

「……まあ遷都なんて、閣下がいればいい顔をしないに決まってますから……」

スズハの兄は為政者としてもなかなかの傑物であるものの、自己評価が大変低いという欠点の持ち主である。

もっともそれは、謙虚だとか今もなお庶民的であるなど、利点の裏返しでもあるけれど。

そしてそれさえ除けば、まっとうな政治判断だってできる。

その結果。

こんなド辺境に遷都するなどと宣言した場合、スズハの兄は反対するに決まってるのだ。

そりゃ本人の価値を換算しなければそうなる。

トーコ女王だって、スズハ兄の存在がなければ遷都なんてしないに違いない。

「まあ閣下のことですから、最終的には了承するでしょうが……」

現在の辺境伯領には、スズハの兄以外にも、エルフがいて、オリハルコンがある。

その点をトーコが主張すれば、スズハの兄は納得するだろうが、その場合には一つの、絶対に無視できない重大な懸念《けねん》がある。

それはスズハの兄が辺境伯領をトーコに明け渡し、自分が下野すると言い出す可能性で、それはまさに最悪中の最悪手――

アヤノがそんなことを考えていると、サクラギ公爵家から派遣された人間を取り纏《まと》めるトップの青年官僚が近づいてきた。

「アヤノ殿、難しい顔をしてますね。どうされましたか？」

「――これですよ」

アヤノが手紙を突き出すと、青年官僚は手紙を眺めて苦笑する。

「トーコ女王からの手紙ですね。わたしに読ませていいんですか？」

「問題ないはずです。どうせ知ってるんでしょう？」

トーコ女王とサクラギ公爵は現在、蜜月関係にある。

この青年官僚もサクラギ公爵経由で、内容は伝わっているはず。

それにトーコ女王は間違いなく、この手紙を文官幹部たちに見せることも想定している。

そうすることで、女王自身の意思が早急な遷都にあることを証明するわけだ。

そうでなければ、女王の手紙などという物的証拠をわざわざ用意する必要などない。

果たして、青年官僚はあっさり頷いて。

「もちろん存じてますよ」

「ですよね」

「不意打ちのように進めてしまって、辺境伯が怒らなければいいんですが」

「それも問題ないでしょう」

アヤノが見る限りスズハの兄は、計画段階ならまだしも、実際に始まったことに後からとやかく口を出すタイプではない。

それが全くおかしいことなら中止を指示するかもしれないが、エルフとオリハルコンがある以上、スズハの兄を抜きにしても遷都する理由はそれなりにあるのだ。

それに万一怒ったとしても手紙という証拠がある以上、怒りはトーコ女王に向かうはず。

あとは女王が説得すればいい。

「ならばアヤノ殿は、どうして難しい顔をしていたんです？」

「予定外の予算が必要だなと」

「予算なら王家に請求すれば全額出るでしょうし、なんならサクラギ公爵家が負担しても構わないですよ?」

「全額ウチで出すに決まってるでしょう」

ここでトーコ女王に金をせびるのは簡単だが、それでは後日に請求した金銭分の権利が主張されるか、少なくとも貸しになる。

そうなればスズハの兄の利益が削《そ》がれるわけで。

経緯はどうあれ、現状は辺境伯に仕えている以上、そこで手を抜くつもりは毛頭ない。

それがアヤノの矜持《きょうじ》だ。

なので、辺境伯の利益を最大化するためには、こちらの予算で全額まかなうのがベスト。

しかし——

「予想される作業が膨大すぎて、ちょっとうんざりしたんですよ」

「ほうほう」

笑みを深くする青年官僚に、アヤノがぶっきらぼうに手を差し出して。

「それで、あるんでしょ? 遷都計画の叩《たた》き台。さっさと見せてください」

「……どうしてそう思われたんです?」

「あなたが最近、特別に忙しい事案もないはずなのに、適当な理由を付けて何日も徹夜を続けていたのは知ってます。いったい何を企《たくら》んでいるのかその時は分かりませんでしたが……今になれば、遷都計画の叩き台を作っていたと推測できます。そして顔色を観察して、わたしに伝わったらしいと判断したから近づいてきた」

「完璧な判断です。いや失敬、機密事項をこちらから伝えるわけにはいかなかったので」

青年官僚が後ろ手に持っていた計画書の束をアヤノに差し出す。

アヤノはそれをざっと眺めて、

「さすがですね……ただ、女王が使うために新築する城はもっと近い方がよろしいかと。ローエングリン城の隣がベストでしょう」

「わたしもそれは考えたんですが、あの場所は異大陸の商会が建物を新築したばかりで。異大陸だと慣習も違いますし、立ち退きは難しいと……」

「知ってますよ。あの商会はダミーで、サクラギ公爵が実質的な持ち主ですよね」

「……」

さりげなく公爵家の根城を確保しようとした青年官僚を撃退しつつ。

アヤノの脳内は、今後の領都についての計算を始めるのだった。

5

街道をショートカットして、山や森を突き進むこと数日。

ぼくらは山のふもとにある温泉街に到着した。

街の真ん中で温泉が湧き出しているのがいかにも温泉街っぽい。湯畑というのだとか。

目指すダンジョンは、そこから更に進んだ山奥にあるという話だ。

「兄さん。なんというか、風情《ふぜい》のある街並みですね」

「そうだね……」

ぼくもスズハと完全に同意見だ。

そもそもが建物からして違う。

この大陸では、家が木材で建てられているのは珍しい。せいぜいだんご屋くらいか。

けれどこの街は、どの家も木材で建てられている。

それに歩いている人も、浴衣《ゆかた》を着ている人が滅茶苦茶《めちゃくちゃ》多い。

ぼくが珍しい光景に目を丸くしているとトーコさんが、

「あれ？　スズハ兄は、温泉なんて何度も行ってるんじゃないの？　ユズリハとも一緒に行ったって聞いてるし」

「山奥にある秘境の温泉とかは行ったことがあるんですが、こういう温泉街には来たことないんですよね」

「するとこれが、スズハ兄の初めての温泉街？　……えへへっ……」

理由はよく分からないけど、ぼくの答えはトーコさんのお気に召したらしい。

なぜか嬉《うれ》しそうなトーコさんの横で、ツバキがぽつりと呟《つぶや》いた。

「この街は、拙《せつ》の故郷の大陸そっくりなのだ」

「へえ。東の大陸って、こんな街並みなの？」

「なのだ」

「つまり東の大陸は、だんご屋が並んでるような見た目なんだね」

一度行ってみたいなと思っていると、目の前に液体が。

なんだろうと思って上を見ると。

「うにゅ……」

「わああっ⁉」

ぼくの頭上に陣取っていたうにゅ子が、思いっきりヨダレを垂らしていた。

後で話を聞いたら、どうやら「だんご屋が並んでる」という部分に反応したとのこと。

その様子を想像してヨダレを垂らしてしまったらしい。

そんなことでは一人前のメイドの道は遠い、と説教するカナデの横で。

メイド以前にエルフとしてどうなんだろうと、内心思うぼくなのだった。

＊

旅のメンバーに女王のトーコさんがいる以上、泊まる場所は当然温泉街で最高の旅館。

というわけで突撃すると、最初は宿の亭主ににべもなく断られた。

「え？　満室ですか？」

「いいや。悪いが、ウチは一見《いちげん》さんお断りだ」

「えっと、宿賃なら先払いでいいですよ？」

「そうじゃねえ。お客の品位を保つためにな、ウチみたいな貴族御用達《ごようたし》の宿は一見さんは泊めないんだ。そりゃよっぽど偉い貴族サマなら別だけどな」

「なるほど……」

ティンと来た。

つまりこの亭主、目の前にいるのが我が国の貴族の頂点であるトーコ女王だってことを分かってないよね？

これは、トーコさんが身分を明かせば一発解決なパターンだけど……

こっそりトーコさんを窺《うかが》うと、ぼくに向かってしきりに目配せしてくる。

目はしきりに瞬《まばた》きをして、口元もモニョモニョ動いてる。

これはまさか……！

（トーコさん。ちょっとこっちに）

（なによスズハ兄、ボクが今からビシッと——）

（いいですから、とりあえずこっちに）

必死のアイコンタクトでなんとかトーコさんを連れ出し、宿屋の亭主の陰になる位置で小声で作戦会議をする。

「——トーコさん、これから何をしようとしてました？」

「そりゃもちろん『この紋所が目に入らぬかぁ！』って——」

「絶対ダメですよ」

ちなみに紋所とは、一部の貴族が身分を証明するため持ち歩いている例のアレである。

ぼくは弱小貴族なので、そんなものは当然持ってない。

まあそれはともかく。

「いいですか。もしトーコさんがそんなことをしたって噂《うわさ》が広まったら、あの亭主は今後どうなると思います？」

「え？　どうにもならないんじゃ？」

やっぱり分かってない。

ぼくは顔をずい、と近づけて囁《ささや》いた。

「貴族侮辱罪で――ヘタすれば死刑ですよ？」

「んなアホな!?」

「ウソでも冗談でもありませんからね？」

とはいえまあ、かなり大げさではあるけれど。

それでも貴族と庶民を間違える行為は、常識的にタブーとされるわけで。

そんな噂が広まれば、貴族相手の商売としては大きなマイナスになる。

しかもなお悪いことに、今回は相手が貴族の中の貴族、トーコ女王なのだから。

「……でもさ。こんな山奥の宿の亭主が、ボクの顔を知らないなんて普通じゃない？」

「貴族相手の商売だって謳《うた》ってなければそうなんですが……」

ていうかあの亭主も、貴族相手の商売にしては大分抜けてるとぼくは思う。

なにしろ、トーコさんほど飛び抜けた美少女かつスタイルが抜群すぎる大貴族なんて、この大陸でたった二人しかいないと思うんだけどな。

「まあトーコさんが女王なのでこの場は笑い話で済みますけど、これがアレな権力者なら本当に死刑すらあり得る話で」

「まあ権力者って、アレなヤツは本当にアレだからねー……ボクは違うけど！」

「けれどまあ受け取り方も人それぞれなんで、波風は立てない方がいいんですよ。そこでぼくに案があります」

「なによ？」

「ぼくもこう見えて、いちおうは貴族っぽいナニかです。それを利用します」

ぼくの作戦は至極単純。

相手がトーコさんだから問題だけど、一方でぼくも肩書きだけなら辺境伯。

といってもつい最近、わけも分からないままに貴族になったぼくである。

トーコさんに気づかない亭主が、ぼくの顔どころか名前すら知らなくても当然中の当然。

だからこそ。

突然の「ぼく、実は辺境伯なんですよ」から流れるように泊めて貰《もら》うというムーブが、波風立てずに可能になるわけだ。

ぼくの作戦を聞いたトーコさんは、なぜか渋い顔をして。

「……まあボクは別にいいけどさ？　なにしろここってスズハ兄の領地だし」

「え、そうなんですか？」

「まあ国境ギリギリだから、昔だとウエンタス公国が半分実効支配してるかもって感じのビミョーな土地だけどね。今は戦争でそっちもスズハ兄の土地になったから、もう完璧にスズハ兄の領地だよ」

「じゃあなんでそんな渋い顔を？」

「……なんか、すごーく波風が立つような気がするから。だってスズハ兄だし」

「心外な。女王のトーコさんと違って、庶民に限りなく近い辺境伯のぼくですよ？」

「……まあいいわ。スズハ兄がやりたいならやってみれば？」

「了解です」

なんだか失敗を確信したような態度が気になるけど、まあいいか。

ぼくは宿の亭主の正面まで戻って、取りあえず確認。

「確認しますけど、この宿は貴族しか泊まれないんですよね」

「お偉いさんの紹介とかあれば別だが、まあそうだな」

「じゃあ例えば、辺境伯とかどうですかね？」

念のため先に確認。

ここで「いや、辺境伯くらいじゃ泊められねえ」とか言われたら作戦不成立だ。

すると亭主が、なぜかニヤリとぼくに笑いかけたかと思うと。

「そりゃお前、辺境伯なら当然泊める。だが部屋のランクってもんがあるわな」

「そうなんですか？」

「そりゃ当然よ。男爵や子爵なら、それなりの部屋。にしたって部屋は三間繋《つな》がってるし部屋には個室露天、床の間には偉い聖女さんの書が飾ってあるし布団《ふとん》だってフカフカだぜ。専用の小さな庭まであるしな」

「極楽じゃないですか」

「しかしだ。ウチで一番の客室はもっと凄《すご》い」

「ほうほう」

「最上階が丸ごと一つの客室になっててな。広さは普通の客室の十倍以上、眺めも全方向遮るものがないから抜群で、一つ下の階には部屋と同じ大きさの専用岩風呂《ぶろ》がついてくる。部屋の中が二階建てになってる、いわゆるデュプレックスってやつだ」

部屋の中が二階建てなんて、そんな贅沢《ぜいたく》な室内空間があるのかとビックリする。

「部屋にある壺《つぼ》や掛け軸なんかも、当然桁違いよ。初代サクラギ公爵の書まであるからな。

まあそこに泊まれるのは王族か、せいぜいサクラギ公爵かってところだが——」

「はあ……」

そこまで凄いと逆に現実離れして、ぼくにはよく分からない。

「それで、辺境伯クラスだと？」

「そうそこよ」

宿の亭主がますます笑みを深くして、

「辺境伯には二通りある。——今のローエングリン辺境伯と、それ以外だ」

「へ？」

突然名前を出されてびっくりするぼく。

そんなぼくの驚きに気づかない亭主が続けて、

「ローエングリン辺境伯以外は……まあアレだな。それなりの部屋よりは確かに上だが、最上級というわけでもねえ。ウチの宿で三番目くらいにいい部屋に通す」

「すると、ローエングリン辺境伯は……？」

やはりアレか、アイツは庶民同然だからウチに泊まらせる部屋はないと言われるのか。もしくは馬小屋。

ぼくがそんな風に身構えていたら。

宿の亭主は、まるっきり正反対のことを言い出した。

「――全館だ」

「へ？」

「当然だろ？　全館まるごと貸し切り、もちろんお代はいらん……それじゃ足りんよな。街中の連中を総動員して歓迎のパレード。料理は街中から最高のものをありったけ出す。ああ、是非とも永久名誉町長は受諾して欲しいな。それに……」

「あの、どうしてそんなことに⁉」

ぼくの当然すぎる疑問に、宿の亭主はふっと遠い目をして。

「――助けられたのさ。おれだけじゃない。この集落の連中全員が、な」

「というと……？」

「昔のこの街は、そりゃもう酷《ひど》いもんだった。この一帯は国境の狭間《はざま》なんだが、まあ前のローエングリン辺境伯も、ウエンタスの領主もクソ野郎でな……」

――それから話を伺うと。

どうやら国境の境目にあるこの温泉街、昔から両国の領主に搾取《さくしゅ》されまくったらしい。

貴族に人気の高級温泉街として名が売れていたことで、逆に目を付けられてたんだとか。

ただでさえロクでもない内政の領主、それを二重で喰《く》らい続ける状態。

何百年もの間、華やかな温泉街の顔の裏で住民は重税や徴兵なんかでこき使われまくり、疲弊し切っていたのだとか。

ところがだ。

あるとき辺境伯がぼくに代わり、そしてもう片方の領主も倒して領土を併合した。

これだけでも負担は半分になる。温泉街の住民はもう大喜びだった。

しかも新しい辺境伯が派遣した役人は賄賂など要求せず、税制は分かりやすく公平で、不正のお目こぼしを頼んで金貨を渡そうとした腐敗商人を取り調べ処罰して。

以前と比べて、まるで夢のように暮らしやすくなったのだという――

「……おれたちは、お役人に何度もお礼を渡そうとした。だがお役人はこう言うんだよ。『我々は新しいローエングリン辺境伯のお考えに沿って、当然の仕事をするだけだ』てな。涙が出たぜ。おれたちはずっと、その当たり前を受けられなかったんだからな……」

「庶民は自分たちを敬えって態度取ってるくせに自分はただ搾取するだけのクソ貴族って、この大陸には大勢いますよね……」

ぼくも根が庶民なのでよく分かる。

なんだか済まなそうに縮こまっているトーコさんを横目に見ながら、

「でもまあ、そうでない貴族もいることはいるわけで――」

「おう。おれたちも、そのことが初めて分かった。――貴族ってのは大抵クソ野郎だが、中には今の辺境伯のような、神にも等しいお方がいるってことをな――！」

さすがにそれは大げさすぎだと、口を開こうとした刹那。

スズハがバカでかい声で、いきなり叫んだのだった。


「――その通りですッッッ‼」


「おっ、若い姉ちゃんもそう思うか」

「兄さんの素晴らしさ、偉大さをそこまで分かっているとは！　なかなかやりますね！」

「姉ちゃんこそ、ローエングリン辺境伯を『兄さん』呼びとは驚いた。――その愛称は、余程のコアなフリーク以外使わない呼び方だぜ？　なんたって、あの辺境伯の妹くらいに自分は辺境伯についてマニアだって宣言したも同然だからな。――ちなみにこのおれも、辺境伯についてはちいとばかり煩《うるさ》いんだがな？」

「誰であろうと負けません。わたしが世界で一番兄さんのことを知っています」

「ほほう……勝負するか？」

「コテンパンに叩《たた》きのめしてあげますよ」

……なんか、収拾がつかなくなっていた。

筋書きだとぼくが辺境伯だって名乗る予定だったけど、もはやとてもそんなこと言える状況じゃなくて。

トーコさんが「ほらやっぱりね」とジト目で語ってくるのが辛《つら》い。

その後、スズハと宿の亭主が二言、三言交わした結果。

二人はなぜか意気投合したらしく、がっしと腕をクロスさせつつ。

「姉ちゃん気に入った、特別に全員まとめて泊めてやるぞ」

「ふふっ、街中の兄さんマニアを連れてきてください。誰が兄さんの本当の妹なのかを、しかと思い知らせてあげましょう——兄さんカルトクイズで！」

「いいだろう。この街一番の兄さんフリークで返り討ちにしてやろう！」

……なんだか妙な方向で盛り上がってるので、そっと目を伏せる。

するとそこには、なぜか妙に感心した様子のツバキがいて一言。

「さすが、兄様王《ターレンキング》は地元の人気も絶大なのだ……！」

そう言えばと思い出す。

ツバキって、ぼくが辺境伯だってことまだ知らないんだよね。

6

スズハが宿の亭主と意気投合したおかげで、なんと部屋を確保できた。

しかも大幅割引で。

お客としては貴族しか泊められない高級宿だけれど、知人が訪ねてきた時に空いている部屋に泊まる分にはオッケーなのだとか。

つまりぼくらはクイズマニアの亭主の友人スズハとその一行、というわけだ。

さすがに部屋としては一番下のランクだけど、それでも個室露天や専用の庭までついた豪華なお部屋。さすがは貴族専用。

ぼくなんかは最高だけど、女王のトーコさんはどうなんだろうと様子を窺《うかが》ってみると、なんだか凄くニコニコしていた。

女王なのに最上ランクの部屋を使えないことは、別に気にならないみたいだ。

「いやー、スズハ兄のおかげでかなりお得に泊まれたわ！」

「そういうところって、トーコさん庶民っぽいですね……あとぼくのおかげではなくて、スズハの手柄ですよ？」

「そんなことないでしょ。スズハ兄の統治がいいからこそ二人は意気投合したんだから、やっぱりスズハ兄の手柄だって」

「前の統治者がクソ過ぎた気もしますけどね……」

そこを深掘りしていくと昔の王家の責任とかも出てきそうなので、深くは触れないけど。

スズハが後ろから声を掛けてきて、

「では兄さん、わたし出掛けてきますので」

「どこに行くの？」

「史上最大、第一回兄さん横断ウルトラクイズの予選です！　ちなみにわたしがクイズで優勝したら、泊まる部屋を最上ランクにしてくれるって言ってました！」

「行ってらっしゃい……」

まあアレだ。スズハに旅行先で新しい知人ができた、と考えればいいことなのだろう。

意気投合した内容はさておき。

まるで戦争に出陣するみたいに肩をいからせ出て行くスズハの背中を見送って、

「じゃあぼくも出てきます」

「ん？　スズハ兄、なにしに行くの？」

「ダンジョンの情報収集に」

トーコさんは温泉でゆっくりするのが目的だけど、ぼくはダンジョンでユズリハさんの食材を獲《と》ってくるのが目的である。

「カナデも行く」

「拙《せつ》も一緒に行くのだ」

「うにゅー！」

というわけでカナデとツバキ、うにゅ子と一緒に出掛けることになった。

＊

宿屋の仲居さんに話を聞いて、紹介されたのがダンジョン協会。

よそから来た人間への案内所も兼ねているというので、そちらに向かう。

出迎えてくれたのは、いかにも冒険者という感じの壮年の男性だった。戦斧《せんぷ》が似合う。

伝説の種族、ドワーフに似ているなと思ったのはナイショだ。

「いらっしゃい。ダンジョン探索希望かい？」

「はい、そうなんです」

「そうか。基本的なことを説明するか？」

「お願いします」

それからぼくたちは、ダンジョンの基礎的な知識を一通り聞いた。

ダンジョン内では、可能ならば助け合うこと。

ダンジョン内の魔物は、ダンジョンの外にいるものより強いこと。

そしてダンジョン内は通路が複雑に入り組んでおり、また罠《わな》などの危険な場所もあって、遭難も多発していること。

なので基本的に、自分のような案内人を雇うのがベターであること。

そんな話を一通りして、案内人のおじさんが話を続ける。

「まあダンジョンに入る目的によっても、大きく違うがな」

「そんなに違うんですか？」

「もちろん。ダンジョンの観光が目的なら、なるべく魔物に出会わないよう観光ルートを一周すればいい。しかし鍛錬や腕試しが目的なら、それじゃ意味ないからな」

「なるほど」

「それで、兄ちゃんの目的は？」

「食材を獲りに来たんですよ」

さすがにユズリハさんが云々《うんぬん》という部分は伏せて、世話になった友人をお祝いするため自分で食材から獲って調理した料理を食べさせたい、と答えると。

案内人さんは顎鬚《あごひげ》を撫《な》でながら、ふむと考え込んだ。

「それだと、できるだけダンジョンの奥に行くことが必要だな」

「そうなんですか？」

「ああ。ダンジョンってのは基本的に、深い階層に進めば進むほど強い魔物がいるんだ。そして強い魔物の方が美味《うま》い」

「ほうほう？」

「まあ、ダンジョン産の美味い魔物が世の中に簡単に出回らない理由だな。そうでなきゃ乱獲されてるに決まってる」

「確かにそうですね」

とはいえ、魔物の強さと美味《おい》しさに相関関係があるとは知らなかった。

ぼくが意外な知識に感心していると、

「当然ながら、ダンジョンは奥に行けば行くほど危険だ」

「はい」

「つまり腕の良い案内人が必要になる。時には命懸けになるし、腕の良い案内人ってのはいつだって人手不足だしカネもかかる。そこが問題だな」

「そうですね」

腕の良い人材は、いつでもどこでも不足しているものだからね。

「おれのスケジュールが空いてれば兄ちゃんを案内してやれたが、もう予約が入ってる。残念だったな」

「へえ、腕利《うでき》きなんですね」

「おうよ、まあこの街で一番だ。なんたって――」

そこでおじさんは、ドヤ顔でとんでもないことを言い放った。

「なにしろおれは、あの兄様王《ターレンキング》の案内もしたことがあるんだぜ！」

「ええええええっっっ⁉」

断言するけど、ぼくは間違いなくこのおじさんとは初対面である。

でもまさか、兄様王《ターレンキング》なんて恥ずかしい渾名《あだな》で呼ばれている人が、ぼく以外にいるとも思えないんだけど……？

「……ちなみに兄様王《ターレンキング》って、どんな人でした？」

「ん？　そりゃおめえアレよ。もう背が高くてハンサムで筋肉モリモリで」

「はあ」

「背中にはグレートソードを担《かつ》いでて、笑顔になると白い歯がキラリと光って」

「はあ」

「それよりもアレだよ、もう全身から滲《にじ》み出てくるオーラが凄《すご》いのなんの。ああいうのを絶対王者のオーラって言うんだろうな」

「はあ」

「でも評判以上に、えらく謙虚なお方でな。絶対に自分から兄様王《ターレンキング》とは名乗らないし、だからこっちも我慢してたんだが、案内が終わって別れ際《ぎわ》って時に、つい我慢できなくて聞いたんだよ。兄様王《ターレンキング》ですかってね。そしたら小声でおれに耳打ちしてくれたんだよ。黙っていてくださいね――ってな」

「…………」

それはひょっとしなくても、ぼくのニセモノじゃないのだろーか？

ぼくは今、もの凄くしょっぱい顔をしている自信がある。

ふと目線を移すと、カナデが俯《うつむ》いて、肩をプルプル震わせていた。

あれは絶対、笑いを堪《こら》えているに違いない。

そのカナデの頭に乗っているうにゅ子は、声こそ上げてないけどとても楽しそうな顔でカナデの頭をぺしぺし叩《たた》いていた。

そして唯一ぼくが兄様王《ターレンキング》と呼ばれていると知らないツバキが、

「兄様王《ターレンキング》の話をもっと聞かせて欲しいのだ！」

「お？　姉ちゃんも兄様王《ターレンキング》のファンか？　兄様王《ターレンキング》を案内したおれのサイン欲しいか？」

「いらないのだ。それより、もっと兄様王《ターレンキング》のことを聞かせて欲しいのだ。なぜなら拙は——兄様王《ターレンキング》を超えるために、東の大陸からやって来たのだ！」

「そうか、姉ちゃんも大概マニアだな！　よし任しとけ！」

「よろしくお願いしますのだ！」

……そこから先は、なぜか謎の兄様王《ターレンキング》の話題で大盛り上がりだった。

断じてぼくのことではない。

その兄様王《ターレンキング》と違って、ぼくは口から火を吐いたり、目からビームを出したりしない。

ついでにモテモテハーレムを作ったりなど断じてしない。

カナデは終始すまし顔でクールなメイドの体裁《ていさい》を保ちつつ、こっそりとおっぱいの下をつねって笑いを堪えていた。あと思いっきり肩が震えていた。

うにゅ子は笑いすぎてひきつけを起こしていた。

そしてツバキは。

兄様王《ターレンキング》が凍《い》てつく波動で魔獣を粉砕したとか、炎のオーラでゴブリンを倒したなどと聞くたび「ふおぉ、さすが兄様王《ターレンキング》なのだ……！」とか滅茶苦茶《めちゃくちゃ》感心していた。

いくら出身が異大陸だからって、疑いもしないのはどうかと思う。

7

ようやく話が終わって宿に戻ると、トーコさんが不思議そうに聞いてきた。

「なんかツバキ以外、全員疲れてるみたいだけど……？」

「まあいろいろありまして……」

「ふうん？」

まさかぼくのニセモノの話で滅茶苦茶盛り上がってたとは、トーコさんでも思うまい。

もっとも盛り上がってたのは、ツバキと案内人のおっさんの二人だけど。

カナデとうにゅ子は爆笑しすぎで、ぼくは精神的なダメージで疲労困憊《ひろうこんぱい》だよ。

「そういえばスズハは？」

「一度帰ってきたけど、スズハ兄ウルトラクイズの決勝だって言ってまた出てってたわよ。帰るのは朝になるからって」

「そうですか……」

「絶対に優勝して帰ってくるって意気込んでた」

まあ普通に考えれば、スズハが優勝するのは当然で。

なぜならば、兄のぼくに関するクイズなのだから。

そんな気合い入れる必要なんてないのに、なんて淹《い》れたお茶を飲みながら考えるぼくに、
カナデが音もなく忍び寄って耳元で囁《ささや》いた。

「……白い歯がきらり……絶対王者のおーら……」

「ぶはっ⁉」

脳内にさっきのデタラメな会話が瞬間再生されて、思わずお茶を噴きだしてしまう。

そしてちょうど、ぼくの前にはトーコさんがいて。

見事、お茶を被《かぶ》ってずぶ濡《ぬ》れになってしまったのだった。

それからカナデと二人、土下座して謝り倒したのは言うまでもない。

*

「本当に、ほんっとうに済みません……！」

「もういいってば。スズハ兄に悪気があったわけじゃなし」

「そう。わるぎはなかった」

「カナデは後でお説教だからね？」

そんなことを言っていると、仲居さんから「お食事の用意ができました」との声。

そして案内された食事処《どころ》に入ると。

トーコさんを除く一同は、思わず感嘆の息を漏らしたのだった。

『ふわぁ……！』

そこには貴族専用旅館と言うにふさわしい、豪華な料理の数々が。

まず目に飛び込むのは、テーブルの中央に鎮座する一メートルほどある巨大な魚。

あれはもしかして、庶民にはまったく縁のない幻の高級魚、クエではなかろーか？

そのほかにも巨大なカニや、サシの入りまくったお肉が並び。

これはもう、この世の極楽と言ってもいいのでは……？

そんな今にもヨダレが落ちそうなぼくたちと違い、生まれながらに貴族中の貴族である
トーコさんは苦笑して。

「ボクさ、いっつも思うのよね。なんで山奥の旅館で、海の幸がわんさか出るのかって」

「というと」

「せっかく山奥なんだから山菜料理とか、獲れたてのイノシシとか出せばいいのにさあ。スズハ兄はそう思わない？」

「ああ……こういう山奥だと、海の幸って凄く手に入りにくいご馳走《ちそう》ですからね。一方で山菜とかイノシシとかって、いつも自分たちが食べてる料理でおもてなしにならないって考えるみたいですよ」

「なるほどねー。でもボクたちからしたら、もし海の幸が食べたけりゃ港町に行くよって気がするけど」

「まあまあトーコさん。そんなことよりも世の中、一つの絶対的な真理があります」

「なによそれ？」

「美味けりゃなんでもいいんです」

貴族みたいに、地位が高くなればなるほど料理にヘンテコな意味を付けがちになる。

けれど庶民にそんなことは関係ない。

美味けりゃいい、とは古今東西変わらぬ真理なのだ。

そして。

席に着いてさあ食べるぞという時に、トーコさんがこんなことを言い出した。

「——ねえスズハ兄。さっきのお茶事件のお詫《わ》びってわけじゃないけど、ちょーっとだけお願いしてもいいかな？」

「もちろんです」

トーコさんが相手でなければ、切腹だってあったかもしれない事件である。

もちろんぼくは、何でも言うことを聞くつもりだった。

「ぼくの分を食べたいならどうぞ。もちろんカナデとうにゅ子の分も！」

「!?」

「うにゅー!?」

覚悟を決めるぼくに、トーコさんは苦笑して首を横に振り。

「んなわけないでしょ。──スズハ兄ってばさ、今でもたまにスズハに、料理を手ずから食べさせてあげるんだって？」

「えっと、まあそんなこともあります。……でもよく知ってますね？」

スズハは外見こそ滅茶苦茶立派に育ちまくったものの中身はまだまだお子ちゃまなので、ご褒美《ほうび》だとか損ねた機嫌を直して欲しい時「あーんしてください」と要求することがある。

ちなみに大抵「もしくは一緒にお風呂《ふろ》に入ってください」と二者択一を迫ってくる。

とはいえいい年した兄妹《きょうだい》で食べさせるのはさすがに恥ずかしいので、誰かがいる前ではやってないのだけれど……？

だからなんで知っているのかと驚いていると。

「そりゃもう。スズハが自慢してくるもん」

まさかの本人が情報源だった。

「スズハが言うにはさ、スズハ兄が食べさせてくれると料理が十倍美味《おい》しくなるんだって。だからそれが本当かどうか、ボクも実験してみようと思ってね？」

「それは実験されるまでもなく否定されるのでは？」

「んなこと分かんないでしょ？　スズハ兄の溢《あふ》れる魔力がいい感じで料理に染《し》み込んで、味が変わるかも知れないし」

「分かると思いますけど……？」

とはいえ魔術の専門家でもあるトーコさんに言われると、無下に否定もできない。

それに今回については最初から、ぼくに拒否権などないのだ。

「というわけで、ボクも一回、スズハ兄に食べさせて貰《もら》おうと思ってさ。どう？」

「——承知しました。あと確認なんですが、スズハにやるのとまったく同じ感じで？」

「それがいいかな。やり方が違ったら、スズハの言うことが本当か分からないし」

そういうことなら覚悟を決めるしかない。

ぼくは深呼吸すると——あぐらをかき、脚の間をポンポンと手で叩いた。

「どうぞ」

「え？」

「スズハはまず、ぼくの脚の間に座ります」

トーコさんが慌てまくって、

「え、えとっ……！　普通に料理を持って『あーん』とかじゃないの……⁉」

「スズハ曰《いわ》く『あーん』とはまず姿勢からだとか。ぼくにはよく分からんですが」

「それって騙《だま》されてない⁉」

「そんなことはないと思いますが……？」

スズハにとって兄でしかないぼくに、そんなウソをつく必要が思い浮かばないからね。

それこそ恋人同士じゃないんだから。

とはいえトーコさんが躊躇《ちゅうちょ》する気持ちも分かる。

「どうします？　止《や》めてもぼくは問題ありませんけど」

「ううっ……！」

トーコさんは滅茶苦茶葛藤したようだが、結果として続行を選んだようだ。

「お、お邪魔します……！」

ぼくの脚の間にすっぽり収まって座るトーコさん。

なので、ぼくの胸板とトーコさんの背中がくっついた状態になる。

ここまでが第一段階。

そして流れるように第二段階へ。

「次にトーコさんを片腕で抱きしめます」

「スズハ曰く、ごはんを絶対こぼさないように、身体《からだ》をがっちりホールドするのだとか。でももちろんトーコさんが嫌ならばハグは省略しても……」

「なななんでよっ⁉」

「……嫌じゃ、ない……」

「そうですか？　もし嫌なことがあったら、すぐに言ってくださいね？」

トーコさんの発育過剰すぎる胸元には触れないように気をつけながら、左腕を後ろから回して抱きしめる。

このとき、かなり強めにギュッと抱きしめるのがコツだ。

少なくともスズハの場合は、こうすると力が抜けてリラックスするのだ。

果たしてトーコさんも、ピクリと身体を震わせて。

やがて全身の力を抜いて、まるでタコみたいにふにゃふにゃになるのだった。

「――なんだか、トーコの顔が真っ赤なのだ。どうしたのだ？」

「うううっさいわね！　なんでもないわよっ！」

　正面から見ているツバキの言うように、トーコさんが耳まで真っ赤になっていることが後ろからでも分かる。

　でもスズハにやるときも同じ反応だし、トーコさんが平気だと言うなら大丈夫だろう。

「じゃあ食べさせますね。まずは何から？」

「ううう……もう何でもいいわよ……！」

　なぜか涙声のトーコさん。食べる順番はぼくにお任せらしい。

　というわけで、肉や刺身を手際《てぎわ》よく食べさせていく。

　ふと気づくとツバキが、ぼくたちをガン見しながらカナデに話しかけていた。

「たいしたものなのだ」

「……なにが？」

「あの流れるように食べ物を口に運ぶ動き。そこに一分の迷いも感じられないのだ」

「……それが？」

「気づかないのだ？　あの男には、トーコのバカでかいおっぱいに隠れて料理がまったく見えないはずなのだ」

「……!?」

「なのに、あの男の箸捌《さば》きは一分の迷いもなく、それでいて醤油《しょうゆ》の一滴もこぼさない……つまり視覚に頼らず、空間を把握していることに相違ないのだ……」

「……さ、さすがカナデのご主人さま……！」

「それに食べさせるタイミングも完璧。トーコの舌の余韻が消えて次の料理が欲しくなるまさにベストタイミングで、口元に欲しかった食材がそっと添えられるのだ……まさしくアレは、達人の刀捌きそのもの……！」

ツバキたちが大げさに驚いていたようだけど、んなアホな。

ぼくはもちろん、ただトーコさんに料理を食べさせただけで。


結局、二時間かかるコース料理が終わった頃には。

トーコさんはなぜか全身が茹《ゆ》でダコみたいに真っ赤になって。

ツバキとカナデは、ぼくを尊敬する目で見つめ。

うにゅ子はいつも通り、食べ過ぎた腹を出してひっくり返っていたのだった。

8

翌朝、大会に出ていたはずのスズハが泣きべそで帰ってきた。

「兄さん、兄さんっ！　うわあぁぁん！」

「なに、どうしたのさ？」

そういえば昔はよくスズハが泣きながら帰ってきたものだ、なんて思い出しながら。

ぼくの胸に頭頂部をぐりぐり押しつけてくるスズハに話を聞くと。

「申し訳ありません！　わたしとしたことが、大会で優勝できませんでした――！」

「ええっ⁉」

スズハが出てきたのは、あんまり認めたくはないけどぼくこと兄様王《ターレンキング》をテーマにしたカルトなクイズ大会のはず。

ならば妹のスズハが、温泉街の人たちに負けるとはとても思えないんだけど。

どういうことかと首を捻《ひね》っていると、

「まあ得てしてそういうもんよ」

「トーコさん？」

「例えばさ。スズハ兄が、何代目のローエングリン辺境伯か知ってる？」

「……いいえ」

「辺境伯として正式に叙爵したのは何月何日？」

「憶《おぼ》えてません……」

「そういうことよ。情報に飢えてる人間ほど、細かいことまで正確に覚えてるもんだし。もしスズハ兄が大会に出ても、予選落ち間違いなしじゃないかな？」

「そうかも知れませんね……」

まあ、トーコさんの言いたいことは分かった。

ぼくもスズハも、そういう細かいことを憶えているタイプじゃない。

ならばクイズ大会で負けても当然というわけだ。

「ところで、ぼくはこれからダンジョンに行こうと思うんだけど、スズハはどうする？宿で寝てる？」

「もちろんお供します。兄さんが向かうところにわたしがいない選択肢はあり得ません」

まあスズハならそう言うかなと思ったけれど。

「でも徹夜だよね？」

「平気です！　訓練してますので！」

そう言えば、女騎士の訓練として数日間睡眠をとらず任務を遂行し続けるというものがあると聞いたことがある。

それに街の外では緊急時、野営時に眠れないこともあるわけで。

そう考えれば一日くらい眠らなくても支障はないはずだ。

「じゃあスズハと、それにツバキは訓練目的で来たわけだし、ぼくと一緒にダンジョンに。トーコさんは宿でゆっくり――」

「やっぱりボクも行く！」

「……ええと……」

正直、ダンジョンに女王と一緒には行きたくない。

いくら安全に気をつけたって、世の中なにがあるか分からないのだ。しかし。

「スズハ兄ってば忘れてない？　ボクはそもそも、この国一番の大魔導師なんだから！魔物なんて、ボクの魔術で消し炭だよ！」

「いえ、決してトーコさんの実力を疑ってるわけではなく……」

「へー。ボクにお茶ぶっかけておいて、ボクを置いてけぼりにする気？」

「……一緒に行きます？」

「うんっ！」

とてもいい笑顔で頷《うなず》かれた。ダメだこりゃ。

そうなると、残る留守番役はといえば。

「よいかうにゅこ。ダンジョンでこそ、メイドのしんずいが問われる。こころせよ」

「うにゅー！」

「えっと、二人で盛り上がってるようだけどカナデは留守番ね」

そう言うと、カナデが雷に打たれたような顔をして。

「……なぜに⁉」

「いや普通、メイドはダンジョンに連れてかないでしょ？　あとぼくらが宿に置いていく荷物番もいるし、ダンジョン内で万一なにかあったときの連絡役もいるし」

まあ本来は、トーコさんにやってもらうつもりだったんだけど。

そのトーコさんがダンジョンに行くと言い張る以上、残るはカナデしかいないのだ。

ていうか、なんでメイドのカナデが一緒にダンジョンに入ろうとしてたのか謎だ。

「というわけで、カナデは昨日のお茶事件の罰も兼ねて留守番。いいね？」

「……しょぼん……」

がっくりと肩を落とすカナデの背中を、うにゅ子がドヤ顔でポンポンと叩《たた》く。

それは同じメイド仲間を励ましているのか。

はたまた、後は自分に任せとけと言っているのか。しかし。

「言っとくけど、うにゅ子も留守番だよ」

「うにゅっ⁉」

だってカナデが通訳しないと、うにゅ子がなに言ってるのか正確に分からないんだもの。

もちろん、今の幼女姿から成人した姿に戻ればそんなことないんだろうけど。

うにゅ子の魔力のコスパが幼女姿の方がいいらしいので、まあ仕方ないね。

「というわけで、二人は留守番よろしく」

「うにゅー！　うにゅー！」

うにゅ子がまるで売られた仔牛みたいに、つぶらな瞳をぼくに向けてきた。

まあぼくは、カナデが残ればうにゅ子はどっちでもよかったんだけど。

「……こうなれば、死なばもろとも……！」

「う、うにゅー⁉」

カナデがまるでゾンビみたいに背後から手を伸ばし、がっちりうにゅ子を捕まえたので、
結局おいていくことにしたのだった。

9

ダンジョンの探索は、思いのほか順調に進んでいった。

正確に言えば、トーコさんが絶好調でありかつ独壇場だった。

それが具体的にどんな状態なのかと言えば。

「……兄さん、前方にゴブリンの集団です」

ダンジョンの中を歩く途中、斥候役のスズハやツバキが魔物を見つけると。

ぼくは、厳かに背後へ声を掛ける。

「先生、お願いします」

「どうれ」

するとトーコさんが顎をさすりながら、のそりとぼくの前に出て。

「ファイヤーボール！」

トーコさんが魔法を放つと、人間の上半身ほどもある大きさの火球が、魔物へ向かって一直線に飛んで行き大爆発。

爆風が収まった後には、消し炭になった魔物が残るのだった。

「ふっ——燃えたろ?」

そんなの見れば分かると思う。

キメキメの顔で髪をかき上げつつ謎のセリフを呟《つぶや》くトーコさんに気づかれないように、ジェスチャーでツバキを呼び出して小声で問いただす。

「……ねえ。本当にアレ、東の大陸だと格好良いの?」

「なのだ。ピンチに現れる用心棒、爆発、そして決めゼリフ。どこを取っても格好良い。格好良さの欲張りハッピーセットなのだ」

「マジか……」

自分が活躍したいと手を上げたトーコさんに、ならば格好良い方がいいとツバキが提案、そして試しにやってみた東の大陸式討伐。

ぼくには何が何だかさっぱり分からないけれど。

トーコさんもノリノリだし、スズハも目を輝かせてるので、まあいいか。

「……でもそれはいいとしてさ、アレなんとかならないのかな?」

「なんなのだ?」

「火力」

とにかくトーコさんのぶっ放す爆発魔法は強力無比。

今まで遭遇した魔物をみんな良くて消し炭、大抵は跡形もなく消し飛ばす。

まあ今までの魔物は食べられないヤツばっかりだったし、それは別にいいんだけど。

問題は。

「……なんかさ、もの凄《すご》くパンチラしない……？」

「滅茶苦茶《めちゃくちゃ》するのだ」

「あれって何とかならないのかな……」

爆発が強力ということは、爆風も強力なわけで。

トーコさんが魔法をぶっ放すたびに、スズハとツバキのスカートが爆風で数秒もの間、
思いっきりはためきまくるのだ。

まあトーコさんはホットパンツだから影響ないし、スズハとツバキはお子ちゃまだから
別に問題はないけれど。

ホント、この場にユズリハさんがいなくて良かったと心の底から思っていると、

「ん？　どったの、スズハ兄？」

「いえ、なんでもありませんよ」

サッと顔を上げ、なんでもないと首を横に振るぼく。

「トーコさんの爆発魔法は、本当に凄いなって感心してたんです」

「んふー、そうでしょそうでしょ？」

「……」

ここで、まさか「皮肉ですが」なんて言えるはずもなく。

「いやもう、威力が凄《すさ》まじいから爆風も凄くって」

「そうかなぁ⁉　いやー、ボクはただ単にファイヤーボールを出しただけなんだけど⁉

それに普通だとファイヤーボールなんて、握り拳《こぶし》くらいの大きさしかないんだけどね⁉

ボクの魔力があまりに強すぎるから、あんなに強力になっちゃって困るよねぇ！」

「……ソウデスネ……」

ならばコントロールを身につけろと言いたい。とても言いたい。

けど魔力が強いほど細かいコントロールが苦手なのは、あるある話でもある。

それにぼく自身も、魔力を全くコントロールできないタイプだしね。

「でも、もう少しだけ威力を抑えてもいいかも……？」

「ん、なんで？　派手な方がカッコイイじゃん」

「それはパンチラ――いえなんでも」

「なーに？」

その時ぼくは気づいた。

きっとトーコさんは、毎回ずずいと前に出てから魔法を放つせいで、二人のスカートが背後で思いっきり捲《まく》れてるのに気づかないのだ。

そうと分かれば話は簡単。

なにしろ彼女は、スズハやツバキと比べて大人の常識人なのだから。

「トーコさん。一つ提案が」

「なによ？」

「トーコさんが魔法を放つ瞬間を間近でじっくり見たいと思いまして」

「ふうん？」

「なので次の魔物が出たら、ぼくたちの前に出ないで魔法を放ってもらえませんか？」

「なによスズハ兄ったら、嬉《うれ》しいこと言うじゃない。しょーがないわねー」

トーコさんは終始ニコニコしながら、ぼくのお願いだからと快諾してくれた。

そして次の戦闘直後。

「なっ、なななによあれはっ——!?」

根は乙女なトーコさんが、スカートが盛大に舞い上がりパンチラしまくるスズハたちの姿に真っ赤になって。

それ以降、爆発魔法の威力はおよそ半分になったのだった。

10

ドワーフに似たダンジョン案内人さんから買い求めた地図によると、このダンジョンは全部で地下十階まであるらしい。

そして半分の地下五階まで来たところで。

ぼくらのダンジョン探索は、ちょっぴり暗雲が立ちこめていた。


「「はああっ！」」

スズハとツバキが気合い一閃《いっせん》、十体ほどのアイアンゴーレムを両断する。

普通は鉄製のゴーレムを剣で斬るのは難しいんだけど、女騎士ならできて当然だろう。

戻ってきたスズハが、満面の笑みでぼくに結果報告する。

「終わりました、兄さん」

そのまま流れるように、スズハがぼくのすぐ後ろにジト目を向けて。

「……それでトーコさんは、いつまで背負われているんですか？」

すると背後から、地下三階からぼくに背負われっぱなしのトーコさんの声が。

「いーじゃん、もーちょっと。減るもんじゃなし」

「ダメです。兄さんの広くて少しゴツゴツして、でも背負われるとなんだかポカポカした気持ちになる背中は、わたし以外が使うと減りますから」

「それスズハが背負われても減ってるからね？」

ちなみにトーコさん曰《いわ》く、ポカポカするというのはあながち勘違いでもないらしい。

なんでもぼくの背中、微量ながら体内から滲《にじ》んだ魔力が発散しているのだとか。

その効能はほんの僅かな治療効果。

ついでに僅かに魔力を補充したり、精神を安定する効果もあるんだとか。

いわばぼくの背中に抱きつくことは、温泉に入るのと同じような効果があると言われた。

さすが魔術の専門家、そんなことまで分かるのかと感心する。

「それにボクはいーの。使った魔力を補充しなくちゃいけないんだから」

「そんなの必要ありません。あとはわたしが、魔物を全部薙《な》ぎ倒しますので」

「でもボクの魔法がある方が、料理とかスムーズだよね？」

「うっ……仕方ありませんね。もう少しだけ許容します」

痛いところを突かれたとばかりに、悔しそうな顔で引き下がるスズハ。

まあトーコさんは女王なんだから、女騎士見習いのスズハを口先一つで丸め込むなんてお手の物だろう。

スズハはもっと精進してほしい。

まあ、それはともかくとして。

「なんか思ったより、食料になる魔獣が出ないんですよね……」

魔物は出ても大半はゴブリンだのゴーレムだの。

土や鉄で造られたゴーレムはもちろん、人型の魔物を食べるつもりも毛頭ない。すると残りは、僅かにウサギの魔獣が出てきたくらい。

みんなで食べる肉の量には、圧倒的に足りなかった。

「どうするスズハ兄？　いったん戻る？」

「そうですね……」

地上に戻って昼食を取るか、このまま進むか。

普通に考えれば、ここは戻って昼食を取ればいいんだけど。

ダンジョンで獲《と》れた魔獣で美味《おい》しい昼食って腹づもりでダンジョンに入っちゃった分、それだと満たされないというか……

ぼくが考える横でツバキが腕を組みながら、

「ここでいくら頑張っても、美味しい魔獣にありつけるとは思えないのだ」

「なんでそう思うの？」

「あのウサギ、よわよわだったのだ。拙《せつ》のデコピンでも一撃だったのだ」

「ぼくも指一本でコカトリスとか狩ったりするよ？」

「おぬしとうにゅ子は、もう頭がおかしいほど強いのでノーカンなのだ」

「そんなことないと思うけど……」

ツバキの謂《い》われなき中傷はともかく、確かにドワーフ激似の案内人さんも言っていた。

強い魔物の方が美味《うま》い、と。

そしてぼくと違ってツバキは女騎士学園の生徒。

つまり、ぼくでは判別できないような微妙な魔物の強さも感じ取れるのだろう。

……なるほどね。

素人《しろうと》のぼくから見れば、コカトリスとさっきのウサギは一緒だけれど。

ツバキのように専門の訓練を受けていると、その違いすら分かるということか……！

「まあでもツバキが言うなら、そうなんだろうね」

「……おぬしがなに考えてるかは知らないが、その考えは絶対に間違ってるのだ」

「なんでさ！」

「おぬしのそのムダにニコニコした顔が全てを物語ってるのだ」

「酷《ひど》くないかな⁉」

ツバキがぼくをどう思ってるのかは、別の機会に問い詰めるとして。

さてこれからどうするかと、案内人さんから買ったダンジョンの地図を眺めていると。

ふといいアイディアがぼくに浮かんだ。

「トーコさん、見てください。ここ」

「どったの？」

トーコさんを背中から降ろし、ぼくは地図の一点を指さした。

「ここです、ここ！」

「ん……？　十階に落ちるトラップ、絶対踏むなって書いてあるわね」

そうなのだ。

この階のとあるトラップに引っかかると、床がパカッと開いてそのまま下へ滑り落ちる。

そして行き着く先が最下層、十階のようなのだ。

「エグいトラップね……しかも十階って部屋が一つじゃない。つまりは罠《わな》に引っかかって滑り落ちた先は、このダンジョン最強の魔物に囲まれてフルボッコってことでしょう？」

「ええ。ということはこのトラップ、ショートカットとして使えますよね」

逆転の発想というやつである。

トラップだと思うから危険に見えるのであって、どうせ十階まで降りるのだと考えれば便利なショートカットというわけだ。

もちろんわざと罠に引っかかるわけだから、事前に同意は得ておかなくちゃだけど。

「どうでしょう、トーコさん」

「んー……まあいいんじゃない？」

「やっぱりトーコさんもそう思います？」

「まあね。普通なら止めるけど、スズハ兄がいれば大丈夫でしょ」

思ってたよりも、だいぶ雑な理由で許可された。


そしてわざと罠に引っかかり、十階へと降り立ったぼくたちは。

そこで待ち構えていた魔獣——一頭が家のように大きな暴れ牛の群れに囲まれた結果。

掠《かす》り傷一つ負わずに、きっちり殲滅《せんめつ》したのだった。

＊

その後は、当然ながら焼き肉祭りとなった。

とにかく肉を捌《さば》いては焼き、また捌いては焼き。

新鮮なレバーとかは、持参したゴマ油を付けて刺身でパクリ。

「なにこれっ――ちょっとスズハ兄、滅茶苦茶《めちゃくちゃ》美味しいんだけど⁉」

宮廷料理を食べ慣れたトーコさんからも絶賛のお言葉。

スズハとツバキは目を血走らせ、無言で肉を暴れ食いしまくっている。

……ちゃんと隠しておかないと、ユズリハさんに持っていく分まで食べられちゃうかも。

気をつけて確保しておかなければ。

そしてあらかた肉を捌き終え。

ようやくぼくも、焼けた肉を口の中に入れて――

「………………」

コトリ、と無言で箸を置く。

そんな様子に気づいたトーコさんが、

「ん？　スズハ兄、どったの？」

「このお肉は出来損ないです。ユズリハさんには食べさせられませんよ」

「ええっ⁉」

いやもちろん、普段食べてるお肉とは比べものにならない味なのは間違いない。

けれどぼくが求めているのは、ユズリハさんをお祝いする最上級の魔獣のお肉。

そしてこのお肉は、もちろんとても美味しいけれど。

──ぼくが今まで食べたことのある美味しい魔獣のお肉には、遠く及ばなかったのだ。

「いったい何が原因なのか……？」

目を閉じて考えると、思い浮かぶ可能性は一つ。それは。

このダンジョンの魔物が、あまりにも弱すぎたこと。

「ねえスズハ」

「ふぁんふぇふょーは？」

「食べながら聞いてくれればいいからね。……さっきの巨大暴れ牛、魔獣としての強さはどうだったと思う？　それなりには強かった？」

聞くと、スズハは厚切りタンを口一杯に頬張りながら首を横に振った。

「そっか。ツバキはどう？」

「まあ魔獣というほどの強さではないのだ。あと上ミノ用の味噌《みそ》が欲しいのだ」

「はいはい」

ツバキに持参した味噌を渡しながら納得した。

やっぱり、女騎士見習いの二人もそう言うのなら間違いないだろう。

ちょっとしたお祝い事ならともかく、お世話になったユズリハさんの成人祝いとなれば、ぼくができる最高のもてなしをしたい。

それならば、もっと魔獣が強いダンジョンに行かなければダメなのだ――！

「トーコさん。別のダンジョンの情報ってどこで手に入ると思います？」

「そうねえ、ダンジョンの案内人なら他のダンジョンのことも知ってるんじゃないの？　お客さんからそういう話も聞くだろうし」

「なるほど」

方針は決まった。

地上に戻ったら、ひとまずダンジョンの案内人さんに話を聞いてみよう。

そして情報を集め、最高峰のダンジョンに挑戦する。

そしてユズリハさんのお祝いにふさわしい食材をゲットするのだ――！

「なんかスズハ兄燃えてるけどどうしたの？　あ、あとテールスープ食べたい」

「はいはい」

……そんなこんなで、次のダンジョンのことに意識を馳《は》せていた結果。
はっと気づいたときには、山ほどあったお肉は綺麗《きれい》さっぱり食べ尽くされていて。
留守番をしていたカナデとうにゅ子に、滅茶苦茶怒られたのだった。

2章　白銀のダンジョン

1

温泉街から帰ってくると、領都のいろんな箇所が工事していた。

まあ工事が多いことは、活気があっていいことだ。

そしてトーコさんが王都へ帰ったのと入れ替わるように、その数日後にユズリハさんが城に戻ってきた。

「あれ？　ユズリハさん、儀式はもう終わったんですか？」

「儀式はまだだが、面倒な準備は終わったから帰ってきた。あとは儀式当日に戻ればいい。まだ数ヶ月先のことだ」

「そうなんですか」

「だからわたしが戻ってきたことに問題はない。それよりも」

なぜかユズリハさんがジト目でぼくを見て、

「温泉街では、随分とトーコとお楽しみだったそうじゃないか」

「え、えっと……？」

ユズリハさんにお祝いの料理を作るのは、できればサプライズにしたかった。

だからなんとか知らない振りをしようとしたけれど。

「ふん、誤魔化そうとしてもムダだ。証拠は挙がってるんだ」

「証拠ですか？」

「ああ──トーコが、スズハくんの兄上と温泉旅行に出掛けた詳細を、微に入り細に入りバッチリ置き手紙にしたためていったのだからな！」

「えええ……」

まさかのトーコさんが犯人だった。

「しかるにだ。こう言ってはなんだが、少しばかり薄情ではないか？」

ユズリハさんは不機嫌さを隠そうともせず、

「いいか？　わたしはキミの相棒、つまり一心同体と言っても過言ではない存在だ」

一心同体はさすがに過言ではとツッコむ暇も与えず、

「ならば、キミが温泉に行くならわたしも一緒に温泉に行かねばならないんじゃないか。いや別にわたしは、自分だけキミと一緒に温泉に行けなかったことなど全然、全くもって嘆いていないから勘違いしないで欲しい」

「ただ少しばかりわたしのことも思い出して、ついでに誘ってくれたら嬉《うれ》しかったのにと思っているだけでな。実はわたしは温泉が好きなんだ。それに温泉旅館だって好きだし、近くのダンジョンでキミと共に魔物を倒すのも良き思い出になるだろう。ついでに旅先で式を挙げるのもやぶさかでは――」

「あ、あの――」

「ユズリハさん、ぼくの話を聞いていただけると」

このままだとユズリハさんの暴走が止まらないと判断して。

ぼくは観念し、包み隠さず話すことにした。

「ユズリハさんに話さず温泉に行ったのは、深い事情がありまして」

「ほう。聞こうじゃないか」

「ユズリハさんの成人祝いに相応《ふさわ》しい食材を獲《と》りに行ってたんですよ」

そこから、温泉とダンジョンに行くことになった事情を話していって。

――ふと気がつくと。

ユズリハさんが、両目からはらはらと涙を流していた。

「な、なんということだ――スズハくんの兄上は、わたしを祝うために最高の手料理を、しかも食材から獲って作ろうとしてくれたというのかっ……!? なのに、わたしときたら下種《げす》の勘繰りを……！」

「いえ、隠してたぼくが悪いですから」

「いいや、スズハくんの兄上は何も悪くない！　全てはこのわたしが、相棒であるキミを心の底から信じていなかったのが原因だ——本当に申し訳ないッッッ‼」

その場で腰を直角に折って謝罪するユズリハさん。

「そ、そんな！　頭を上げてください！」

その後なんとかなだめすかして、ユズリハさんを落ち着かせるぼく。

結局、熱いお茶とお土産の温泉饅頭《まんじゅう》を出して、なんとか事態を収拾したのだった。

＊

「——しかしまあ、アレだ」

ユズリハさんが熱い煎茶をずずっと呑《の》んで、温泉饅頭を一口。

ちなみに温泉饅頭とは、温泉地で売っているから温泉饅頭——ではなく、饅頭の生地に温泉を使ったり、温泉で蒸《ふ》かしたりするから温泉饅頭というらしい。

「キミの心遣いは本当に嬉しい。わたしの心が舞い上がるようだ」

「それはさすがに大げさかと」

「だがそういうことなら、キミと一緒にダンジョンへ行き、一緒に食材を獲りたかった」

「それだとサプライズにはなりませんから」

「もちろんサプライズで祝ってくれるのも嬉しい。だが一生に一度の儀式を祝うために、相棒と一緒にダンジョンに行くことは——それこそ生涯、決して色褪《いろあ》せない宝石のような記憶になるのではないだろうか？」

「そうかもしれませんね」

とはいえそういうのは、ぼくじゃなくて婚約者とかとやるべきだと思う。

ていうかユズリハさんって、婚約者とかいないんだろーか？

普通は公爵令嬢って、生まれたときから婚約者とかいるはず。

まあサクラギ公爵家のお家事情に首を突っ込む気はないので、詳しく聞きはしないけど。

「ならユズリハさんが良ければ、一緒にダンジョン行きます？」

「……なに？」

「結局、ダンジョンの中で食材が獲れなかったんですよね」

ユズリハさんに改めて説明する。

ダンジョン内の魔獣の肉が、今までぼくが食べた肉と比べてイマイチだったこと。

だから改めて、別のダンジョンに行こうと考えていたこと。

そして魔獣が強ければ強いほど、味も良くなるらしいこと。

だから最高に味が良い魔獣を獲るために、ユズリハさんが一緒だと大変心強いこと。

──そんなことを話していくと。

ユズリハさんの瞳が、話が進むほどにキラキラと輝きを増して。

ついにはこう叫んだのだった。

「うむ、わたしは絶対に行くぞ！　キミと一緒にダンジョンに‼」

「分かりました。じゃあ後は、どのダンジョンに行くかですが──」

「それなんだが、わたしに一つ腹案がある」

ユズリハさんは懐《ふところ》から地図を取り出して広げると、中央付近の一点を指さして。

「この一帯は、大陸でも随一の高山地帯でな」

「はい」

「その中でもここが、この大陸で一番高い山だと言われている」

ユズリハさんが指で、トントンと地図を叩《たた》いて。

「その山には白銀のダンジョンと呼ばれる美しいダンジョンがあるのだが……あまりにも高難易度なため、数多《あまた》の冒険者が登頂を試みたものの成功した人間は誰もいない」

「それだけ強い魔獣がいるということですか？」

「それもあるだろう。なにしろこのダンジョンの頂上には伝説の魔獣、ロック鳥がいると言われているしな」

「ロック鳥ですか⁉」

ロック鳥とは、翼を広げた大きさが小さな島ほどもあるとされている、伝説の魔獣だ。

ということは、必然的に。

その味は間違いなく鳥肉の最高峰、まさにキングオブキングスに違いない。

これからも世界に羽ばたくユズリハさんを祝福するに相応しい食材と言えよう。

噂《うわさ》にしか聞いたことがなかったけれど、まさか実在するなんて。

それに、いくら鳥とはいってもそこまで大きいと苦戦する可能性も大いにあるけれど、最強女騎士のユズリハさんが一緒なら怖いものなしだ。

「いいですね、それ」

「そうだろうそうだろう。――それに白銀のダンジョンは、とても幻想的で美しいそうで、そこで愛を誓った男女は、永遠に幸せになるという伝承もある。わたしとしては、いつか未来の旦那様と一緒に登ってみたいと、ずっと思っていてだな……」

ユズリハさんが照れくさそうに左右の人差し指をツンツンしながら、そう付け加えた。

まあそっちは、いつの日かユズリハさんと未来の旦那さんで、改めて登ってもろて。

そんなわけでぼくは、次の目標として。

白銀のダンジョンを頂上まで登り、そこに棲《す》むロック鳥を狩ろうと決めたのだった。

2

執務室に行き、仕事中のアヤノさんにお土産の温泉饅頭といろうを渡して。

白銀のダンジョンへ向かう計画を話すと、眉根を寄せて考え込まれてしまった。

「そうですか。白銀のダンジョンに……」

「えっと、ひょっとして仕事が忙しいとか？　ぼくも城にいた方がいい？」

「いえ、そちらは問題ありません。ですが白銀のダンジョンとなると……」

「この前ダンジョンに入ってきたけど、魔獣の味がイマイチだったことを除けば、とくに問題はなかったよ？」

「そちらは聞いてますが、白銀のダンジョンというのが問題なんです」

白銀のダンジョンは大陸最高峰の山中にあり、頂上にはロック鳥が棲まうということで、文官のアヤノさんも知っている有名なダンジョンらしく。

なので名前を聞いただけで、どんなところかすぐに分かったのだという。

そしてアヤノさんが、おもむろに指摘するところによると。

「――問題は、白銀のダンジョンの標高が恐ろしく高いということです」

「恐ろしく高いって、どれくらい？」

「正確な数値は分かりません。しかしダンジョンのある高山の標高は、一万メートルとも二万メートルとも言われています」

「そんなに高いんだ？」

「なにしろ、どれだけ標高が高いか分からないにもかかわらず、誰もが最高峰だと認める。それほどに高い山らしいです。そして閣下の目的がロック鳥の捕獲である以上、頂上まで行かなければならないでしょうね」

「……ふと思ったんだけど、人類未踏峰のはずなのに、どうしてロック鳥が頂上にいると知られてるのかな？　ひょっとしたら頂上まで行かなくても……」

「ロック鳥は海に浮かぶ島よりも大きいそうですから、天気の良い日ならば山裾からでも見えるのかと」

「そっかあ」

つまり山頂まで行くのは確定らしい。まあいいけど。

「ですが閣下。そこまでの超高度となると、様々な問題が起きます」

「どんな問題？」

「高度が上がるほど気温が下がり、空気が薄くなり、天候も不安定になるため、一般人の生存は極めて困難になります。閣下の戦闘能は疑いの余地など皆無ですが――」

アヤノさんに真剣に悩まれると、ぼくとしても自信がない。

魔獣相手にはそれなりに戦える自負があるけれど、一万メートル越えの高山は未経験。つまりよく分からない。

どうしたものかと考えていると。

「閣下、どうでしょう。ここは専門家に相談してみるというのは」

「専門家って高山の？」

「はい。貴族にはダンジョンや登山、秘境探検などの趣味を持つ人間がそれなりにいて、その貴族相手のレクチャーを生業《なりわい》とする者がいます」

「なるほど。つまりその人に……」

「はい。閣下が白銀のダンジョンに入っても大丈夫か確認するとともに、高山についてのレクチャーを受けるのがいいでしょう。わたしの方で講師を探しましょうか？」

「うん、お願い」

「承知しました」

「あとそれって、ユズリハさんも誘った方がいいかな?」

「どうでしょう。ユズリハ嬢は歴戦の女騎士ですから、高地の心得もありそうですし……本人に聞いてみるのが一番かと」

「そうだね」

その後、ユズリハさんに確かめてみたところ。

ユズリハさんは高山での経験も豊富で「頼りになる相棒として、いざとなったらキミをお、お姫様抱っこで介抱してやるからな!」とのことだったので、レクチャーに誘うのは止《や》めておいた。

さすが国一番の女騎士、頼りになるなあ。

*

そして数日後。

アヤノさんが手配してくれた先生が、城まで来てぼくたちに講義してくれることになり、ぼくとスズハは張り切って受講した。

　青年から中年に差し掛かったという年齢の講師がしてくれる説明は丁寧で分かりやすく、それ自体は非常に良かったんだけれど。

　なんというか、これがイマイチ役に立たなかった。

　それがどういうことかというと。

「――標高が高くなればなるほど気温が低くなり、一年中雪が降ります。なので高山では、夏でも雪崩が起きるわけですな。そしてもし雪崩に巻き込まれてしまったなら、人間など一溜《ひとた》まりもありません」

「先生、雪崩の威力とは具体的にどれくらいなのですか？」

　スズハの質問に先生がしばし考え込んで、

「もちろん雪崩の規模や種類によって千差万別ですが……そうですなあ。大規模な雪崩が直撃すれば、人間どころか熊だって身体《からだ》が潰され即死するほどです」

「えっ……？」

　それのどこが危険なんだろう。

　横に座るスズハも同じくそう考えたようで、

「……兄さん。それだと、ユズリハさんにビンタされるよりも弱くないですか？」

「ユズリハさんもそうだけど、スズハだってピンタ一発で熊くらい斃《たお》せるよね」

「兄さんなら指一本……いえ、剣圧だけでも瞬殺ですよね？」

「さすがに剣圧だけじゃ、やってみないと分からないけど」

なんて話があったり、

「──クレバスというのは、氷河にできる深い割れ目のことです。中には割れ目の深さが、およそ数十メートルから百メートルに及ぶこともあり──」

「……兄さん、それってどこが危険なんですか？」

「うーん……まるで鍛えてない一般人ならともかく、ぼく程度でも百メートルなら余裕で着地できるけどなあ」

「空中で体勢を整える時間がある分、高さが低いより頭を打つ心配もありませんし」

「だよねえ」

なんて話があったりで、先生の話が終始ピンと来なかったのだ。

そして先生が帰った後、アヤノさんに講義の感想を聞かれたので素直に答えたところ、アヤノさんはなぜか頭を抱えて。

「そうでしたね……閣下に常識的な講師を宛《あて》がったのは、明らかにわたしの失敗でしょう。

申し訳ありませんでした……」

「なんか酷《ひど》い言われようだ⁉」

とはいえ、先生の話を聞いても大丈夫そうなら平気だろうという話になり。

正式に、白銀のダンジョンへ向かうことが決まったのだった。

3

今回のメンバーはぼくとユズリハさん、それに女騎士学園の実地訓練も兼ねて参加するスズハとツバキ。

そして今度こそ魔獣の肉を食べたいと熱烈に主張するメイドのカナデ、そしてうにゅ子。

……まあ前回は、スズハたちがいつの間にか食べちゃったから仕方ないね。

というわけで。

以上の六人で、白銀のダンジョンへ向かうことになった。


街道を歩き、森を抜け、山を越えていく。

そうやって歩きながら話していると、ユズリハさんはダンジョンの経験者であることが判明した。しかも複数回経験の実力派。

さすがは天才爆乳美少女騎士ユズリハさんである。

「──ダンジョンで危険な魔物といえば、やはり筆頭はオークだろうな」

森の中を歩きながら話すユズリハさんに、スズハが首を傾《かし》げて。

「オーク……ですか？　豚の魔物の？」

「そうだ」

「オークのどこが危険なんでしょう？」

確かにぼくもそこは疑問だ。

オークとは豚が人型になったような魔物で、はっきり言って強くない。

これが一文字違いのオーガだったら、体格も戦闘力も段違いだけれど。

「しょせんは豚が魔物になっただけですよね？」

「いいやスズハくん、その考えは違うぞ。そこらにいるオークならなんでもないんだが、ダンジョンのオークは違うんだ」

「そうなんですか」

ダンジョンのレベルに応じて魔物の強さも変わると聞くけれど。

高レベルのダンジョンに棲む魔物だと、オークでもそこまで強くなってしまうのか。

　ぼくたちの驚く様子を見たユズリハさんが神妙に頷《うなず》いて、

「うむ。しかもオークは男しか生まれないうえ、とても性欲が強くてな」

「はい」

「こちらが人間の女とみると、捕まえて子を産ませようとしてくる」

「ひえっ⁉」

「しかも顔が豚で人型の魔物だからな。そんなのに集団で殺到されたら、慣れていないととっさに身動きができなくなってしまう危険性も高いんだ。だから女騎士学園の授業には、オークの対処法なんてものがある」

　そんな授業まであるのかと感心していると、スズハとツバキの二人が否定した。

「ユズリハさん。わたし、その授業は知りません」

「拙《せつ》も知らないのだ」

「ん？　今だと、オークに襲われたときの授業をやらないのか……？」

「……まあでも、そういう授業も大事ですよね」

　ぼくが雑なフォローを入れると、ユズリハさんが顔を大きくほころばせ。

「さすがスズハくんの兄上だな！　よく分かってるじゃないか！」

「……いえ、それほどでも……」

雑にフォローした自覚があるだけに、凄《すご》く喜ばれるとちょっぴり罪悪感がある。

そんな罪悪感が後押ししたぼくは、

「せっかくですし、オークの対処法を講義してもらってもいいかもしれません。ついでに実技なんかも——あっ」

すぐに余計なことを言ったと気づいたけれど、前言を撤回しようとする前に。

ユズリハさんに満面の笑みで肯定されてしまったのだった。

「さすがわたしの相棒、悪くない考えだ！　ぜひそうしよう！」

「……ソウデスネ」

再確認するまでもなく、このメンバーで男性はぼく一人。

そしてオークは、男しかいない性欲の強い魔物である。

ということはぼくが、オーク役になりそうだよね。ちょっと嫌だなあ。

＊

鬱蒼とした森に、ユズリハさんの玲瓏《れいろう》たる声が響く。

「オークの醜悪な外見とその悪臭に慣れていない新米女騎士は、万全の力を発揮できずに、そのままやられてしまうというのが典型例だな。なのでまずわたしとスズハくんの兄上で、その場面から実践してみよう」

「……えっとユズリハさん、戦闘シーンから実践する必要はないのでは？」

「なにをゆー。いいかキミ、オークの戦闘は特殊で、女騎士の乳や尻を執拗《しつよう》に狙うんだ。もしくはとにかく押し倒そうとする。女騎士にのしかかり、屈服させようとするんだな。まあオークの戦闘目的を考えれば当然のことだが」

「……それ、ぼくが再現するんですか……？」

「できる範囲でいい。もちろんわたしも可能な限り、オークに抵抗しようとする女騎士を再現するから、なっ——‼」

ユズリハさんがそう言い終わるのと同時に。

ノーモーションで、音速を超える速さの回し蹴りを放ってきた。

もちろんユズリハさんの本気ではないので、なんなく躱《かわ》す。

その後もユズリハさんの、必死で抵抗している新米女騎士っぽい攻撃——実際は簡単に躱せる攻撃が連続する。

ぼくがオークらしい反撃を考えながら躱していると。

風に乗って、スズハとツバキの会話が聞こえてきた。

「──なるほど。さすがユズリハさん、ずっこいですね」

「どうしたのだ？」

「ユズリハさんは新米女騎士の役だと言っていましたが、今のユズリハさんはどう見ても全身全霊、ガチで兄さんに一撃ぶち込もうとしてますね？」

「うむ。それは間違いないのだ」

「あれって単純に、兄さんから一本取りたかっただけじゃないのかと……」

「でも一方的にやられまくってるのだ……」

「しかもユズリハさんは新米女騎士という役なので、兄さんに一撃も入れられずブザマに負けても、役割通りと言い張れますし」

「いやしい女なのだ」

……よく聞こえないんだけど、なんか二人でユズリハさんの悪口言ってない？

問いただしたいけど、こっちはこっちでそれどころじゃない。

「はっ！　ふっ！　──はあっ！」

気合いとともに、ユズリハさんの攻撃が嵐のように叩《たた》きつけられる。

さすがに当たると痛そうなので全部躱してるけど、これいつ終わるんだろう？

「……って、そっか」

考えてみれば、ぼくがユズリハさんをオークみたいに押し倒さないと終わらないのか。

というわけで即座に実行。

綺麗《きれい》な三段突きを放つユズリハさんの足を刈って、仰向けに倒す。

もちろんその時一緒にぼくも倒れて、ユズリハさんの背中が地面に叩きつけられるのを防ぐことも忘れない。

するとちょうど、ぼくがユズリハさんを押し倒したような格好になった。

そして寝転がったユズリハさんが、すぐ上に覆《おお》い被《かぶ》さるぼくの顔と、二人の唇《くちびる》と唇がほとんど触れそうなくらい近づいた。

そのまま三秒くらい見つめ合ったころ、ユズリハさんがなぜか顔を真っ赤にして。

「——さあ、このまま次のシーンに行くぞ！」

「あ、はい」

とはいえオーク役としてどうすればいいのか、皆目見当がつかないでいると。

「えっと、そうだな……まずはわたしの胸を、キミが滅茶苦茶《めちゃくちゃ》に揉《も》みしだく」

「できるわけないですよねえ⁉」

何を言ってるんだこの公爵令嬢は。

「そ、そりゃあわたしも森で初めてというのは多少不本意だが……オークと言えばまずは

乳揉みだろうし……わたしもその、キミ相手ならむしろどんとこいだし！」

「ユズリハさんが何言ってるか分かりませんが、それ以前にいくら訓練だって公爵令嬢の胸なんて揉めるわけないでしょう⁉」

「そ、それはそうだな……だったら尻を揉みしだ」

「部位の問題じゃないですよ⁉」

いや確かに、リアリティを重視した訓練ならば揉んだり吸ったりするんだろうけど。

相手がぼくなのは御免被る。

そりゃユズリハさんの肢体は大変蠱惑《こわく》的だけど、いくら訓練でも婚約者ですらない男が公爵令嬢に手を出したなら良くて去勢、ヘタすれば一族郎党皆殺しである。

必死でそんな説明をすると、ユズリハさんがなぜか口を尖《とが》らせて。

「仕方ないな……ではキスで手を打とうじゃないか」

「なんでそうなるんです⁉」

「オークだってキスくらいするだろう。多分」

「……う、うーん……？」

確かにそれなら胸を揉むよりマシだし、ユズリハさんもかなり妥協してくれてる。

それにそもそも訓練だし、ならばユズリハさんとキスするべきなのか……？

「──って絶対ダメですよ⁉　そもそも最初に無茶な要求で断られてから妥協した提案で相手が断りづらくするって、初歩的な交渉術じゃないですか！」

「ちっ」

「分かっててやってたよこの人！」

汚い、さすが公爵令嬢ユズリハさん汚い。

「そもそも、これ以上の実演は必要ないと思いますけど」

「そんなことないぞ。これは女騎士がオークに襲われたときの心得がテーマなのだから、実際にオークに襲われてから先が本題になるんだ。……決してわたしが、キミに荒々しく押し倒されて身体《からだ》を求められたいとか、昼は頼りになる相棒同士でありながら夜になるとお互いを求めて肉欲塗《まみ》れになる乙女小説をトーコが忘れていったのを読んでしまったとか、そういうことは一切ないから勘違いするな」

「そんなこと微塵《みじん》も考えてませんけどね⁉」

その小説、怖いもの見たさでちょっぴり読んでみたい。どこに保管されてるのかな。

けれどまあ。

ユズリハさんはそこまでしてでも、ダンジョンにおけるオークの脅威について、真剣に講義しようとしてくれているわけで。

その熱意を完全否定するというのも、また違うと思うのだ。

ではどうするか……そう考えてティンと来た。

「――分かりました。押し倒してキスまではいいでしょう」

「ほ、本当か⁉」

「舌はダメですが、唇同士をくっつけるのは大丈夫でしょう。ただ一つ条件があります。それが認められなければ、ユズリハさんがなんと言おうと講義はここまでです」

「……まあ仕方ないな。条件を呑《の》もうじゃないか」

ユズリハさんも納得してくれた。よかった。

「ということで、オーク役をぼくからスズハにチェンジします」

「「……はい？」」

ユズリハさんとスズハの声がハモった。

いや、それはそうなるでしょ。

どう考えても、ぼく以外がオーク役をやるしか、解決策は存在しないよ。

――というわけで、そこから先はオーク役をスズハに代えて講義が進んだ。

二人のあまりに実りすぎた胸元がつっかえまくり、キスをするのに何度も失敗したのが印象的だった。

ようやく唇同士が触れあったとき、二人の乳房は滅茶苦茶押し潰されていた。

なんだかみんな妙に疲れた気分になり、なし崩し的にオークの講義は終了し、それから二度と行われることはなかったという。

4

白銀のダンジョンへ向かう途中、ぼくが聖教国へ立ち寄ってはどうかと提案した。

その理由はしごく単純。

ダンジョンのある大陸一の高峰は聖教国における霊山でもあるのだと、ユズリハさんが教えてくれたからだ。

ぼくの提案に、ユズリハさんはしばし考えて。

「……とはいえ、なにしろ人も住まないド辺境にあるダンジョンだ。勝手に立ち入っても、なにか問題があるとは思えないが？」

「まあそうですね」

ぼくもユズリハさんの言うとおりだとは思うけど。

それでも聖女様とは面識があるわけだし、できることならば挨拶をして許可を得た方が気持ちよくダンジョンに入れるというもの。

それに聖女様の病気が再発してないかも気になるし。

——以前、ぼくの魔力で無理矢理、聖女様の病気を治したことがある。

そのため、その後も元気にやっているのか気にはなっていたのだ。

そのことを伝えると、ユズリハさんが一つ頷《うなず》いて。

「なるほどな。そういうことなら少し寄り道になるが、聖教国を経由していこう」

「ありがとうございます」

そんなわけでぼくたちは、聖教国へ立ち寄ることになった。

*

初めて来た時もそうだったけれど、聖教国はとにかく警備が厳重で。

しかも前回は国主であるトーコさんの付き添いだったから殆《ほとん》ど待たずに入れたけれど、今回は平民に混じって都市に入ったので、手続きを待つのに一日掛かりだった。

他国の貴族であることを示せば待機列に割り込めるみたいだけれど、ぼくはそういうのあんまり好きじゃないんだよね。

それはもちろん、単なるぼくのワガママで。

サクラギ公爵家のご令嬢であるユズリハさんは、もちろん割り込む権利があるけれど、ぼくと一緒に列に並ぶと言ってくれたので驚いた。

「……いいんですか？」

「当然だろう。わたしは相棒を一人で列に並ばせるような、薄情な女ではないぞ？」

「でもこれは、ぼくが勝手に割り込みたくないだけという」

「いいんだ」

そしてなぜか、ユズリハさんが優しい顔になって。

「それにな、わたしは結構嬉《うれ》しかったんだぞ？」

「えっ」

「キミは、自分が庶民っぽいから貴族に向いてないなどと思っているようだが、そういう理由ならわたしも同じさ。──貴族連中は自分の特権を平民に向けて見せびらかすような連中ばかりだよ。そいつらの先祖が貴族の特権を得たというだけで、そいつら自身は何も成し遂げていないというのにな」

「……」

「わたしはそんな連中を心の底から唾棄していたが、そんな気持ちを理解してくれたのは、身内以外には王女のトーコくらいだった。だから子供の頃にはトーコとわたしの二人で、自分たちは貴族に向いていないと嘆いたものだ」

「そうだったんですか……」

生粋の貴族であるユズリハさんやトーコさんでもそんな風に悩むことがあったのか、とぼくが驚いていると。

「しかしキミは、決して自分の特権を庶民相手にひけらかしたりなどせず、必要な権力を必要な時に、必要なだけ使う。しかも醜い連中と違ってキミは自分の力で貴族となって、貴族の権利を自ら勝ち取ったにもかかわらずだ」

ユズリハさんが遠い目で空を眺めながら、

「わたしは思うんだよ——それこそが、本当の貴族のあり方なんじゃないかって。だからキミのような人間がもっと貴族社会で活躍して、たとえば公爵家のような大貴族なんかに婿入りを——」

「あ、あのっ!」

話の流れがヘンな方向に行きそうになったので、慌てて止める。

途中で遮られたユズリハさんがちょっぴり不機嫌そうな顔をして、

「……どうしたんだキミ？　せっかく大事な話をしていたのに」

「す、すみません。えっと、ツバキたちの姿が見当たらないなって」

「……そう言えばそうだな」

ふと見回すとスズハ以外の姿が見えない。

いつの間にか、だんごの串を咥《くわ》えていたスズハに聞いてみると、

「ツバキさんたちなら、あっちのだんご屋に行きましたよ」

「ええっ？」

スズハの指さした方に目をこらすと。

だんご屋の軒先にある縁台で、食べ過ぎで腹を出して目を回しているカナデとうにゅ子、黙々とだんごを食べ続けるツバキの姿があった。

ちょっと目を離した隙になにやってるの……？

＊

聖教国は都市国家なので、入国と街への入場は同じ意味となる。

つまり国家としてコンパクトであり、警備兵などに聞けば大抵の場所は教えてくれる。

そんなわけで、ようやく聖教国へ入国したぼくたちは、教えてもらった役所に出向いて白銀のダンジョンへの入場許可を申請した。

話を聞いた担当者さんの返事は、にべもないもので。

「ムリですね。許可は出せません」

「ありゃ。その理由を伺っても?」

「白銀のダンジョンがあるミレイユブーケ山は、この大陸で一番高い山であると同時に、聖教国にて聖山として指定されています。つまり宗教上の重要な礼拝対象なのです」

「はい」

「なので聖山もまた神聖な場所であり、むやみに立ち入っていい場所ではない。つまりはそういうことです」

「そうですか……例外はないんですか?」

「大司教クラスが特別に認めるなどでごく少数の例外はあるようですが、まあ基本的には皆無ですね」

「なるほど……」

「年に数回ほどあなたのような方が来るのですが、許可が下りたことはわたしの知る限り一度もありませんよ」

話しながら担当者さんの態度を観察している限り、ワイロを待っている様子はない。

そもそもワイロを要求するならもっと理由を濁すとか、それとなく誘導を仕掛けるはず。

しかしこの担当者さんは諦めろと最初から言ってきているし、その理由も単純明快。

要するにこれは、本当にダメなパターンである。

「ありがとうございます。お手数をお掛けしました」

「いえ、こちらこそお役に立てず」

お互いに頭を下げたところで、もう一つ聞きたいことを思い出した。

「そうだ。中心区域に連絡を取りたい人がいるんですが、どうすればいいですか？」

「……中心区域ですか？」

担当者さんが警戒するのも無理はない。

なにしろ、聖教国の中心区域に入れるのは基本的に司教以上の高位聖職者と、聖教国が認めた国の王族のみ。

そして中心区域のさらに中央の建物に、聖女様はいるのだ。

聖女様の治療後の経過を診《み》たいとか気軽に考えていたけれど、ぼくたちが気軽に会える人物ではないんだよね。

だから聖女様に連絡を取って、もし聖女様に時間があれば中心区域外に出てきてもらい話ができればベストだと考えたのだけど。

「それで、連絡を取りたい方とは？」

「聖女様です」

「……ああ、とても多いんですよ。聖女様に一目会いたいという方は」

「一応ぼくたち、聖女様と面識はあるんですが……」

「なにかそれを証明できるものはありますか？」

「いえ……」

当然ながら、そんなものは持っていない。

まあアレだ。聖女様に会うためには、トーコさんと一緒でなければ無理ということだ。

よく考えたら、そんなの当たり前なのだけど。

まあダンジョン入場の許可を貰《もら》うのも聖女様の様子を確認するのも、ぼくらにとっては可能ならばやっておきたい程度のことで。

それが無理ならば、諦めて白銀のダンジョンへと向かうだけだ。

「ありがとうございました」

礼を言って立ち去ろうとするぼくたちに、担当者さんが耳寄りな情報を教えてくれた。

「連絡を取ることはできませんが、聖女様を一目見ることはできるかも知れません」

「ちょうど二日後に、中心区域との境界にある謁見広場で一般参賀が開催されるんです。運が良ければ、そちらに聖女様も姿を見せますよ」

「なるほど。それはいいことを聞きました」

せっかくだし、遠目からでも聖女様の姿を見てから行こうかな。

……その時のぼくは、暢気《のんき》にそんなことを考えていたのだった。

そして二日後。

聖女様を一目見ようと集まった大群衆を前にして、にこやかに手を振っていた聖女様を遠くから眺めていると。

偶然こちらを向いた聖女様と目が合った、なんて思った次の瞬間。

「あ――――――ッッッ‼」

聖女様がぼくを思いっきり指さしながら、大音声《だいおんじょう》で叫んだのだった――

不審者と間違われたぼくたちは即座に拘束されたけど、すぐに大仰すぎる謝罪とともに解放されて。

5

その日の夜、ぼく一人だけ聖教国の役人に呼び出しを受けた。

スズハやユズリハさんたちが同行したいと申し出ても許されず。

高位聖職者か各国王族という最高権力者しか入れないはずの中心区域に連れて行かれて、さらに案内されるまま進んでいくと、到着したのは見覚えのある建物で。

その中で、聖女様がぼくを待ち構えていた。

久しぶりに会うとは言っても、妹のトーコさんと外見がまるきり一緒なので、あんまり久しぶり感はないんだけどね。

「聖女様、お加減はいかがですか」

ぼくが挨拶をすると、聖女様がなぜか不機嫌そうな顔で。

「形式的な挨拶は抜かして、じっくり聞かせて貰いますわよ——辺境伯は一体どうして、あんなところにいたんですの？　わたくしあまりにビックリしすぎて、思わず大きな声で叫んでしまいましたのよ？」

「それは聖女様を一目見たいと」

「どうして辺境伯ともあろうお方が、そこら辺を歩いてる信者たちと一言一句同じ発言をかましてやがりますのかしら⁉」

ぼくの答えは聖女様のお気に召さなかったらしい。なぜだ。

「あとは病気が完治したと言っても、その後の経過が気に掛かっていたので」

「そちらは問題なし、健康そのものですわ――わたくしの聖女病を見事治してくださった辺境伯には、日々感謝しております」

「いえ、それなら良かったです」

「ですがそれでしたら、余計になんで広場の遠くで手なんて振ってましたの？」

「それは――」

ぼくが経緯を簡単に説明すると。

聖女様は大仰にため息を吐いてから、ぼくに聞いた。

「辺境伯は、門番でも役所の担当者でもいいですが、ご自分が『ローエングリン辺境伯』であることは名乗り出ましたの？」

「いえ別に」

「なんで身分を明かしませんのっ⁉」

「明かす必要もなかったので」

ぼくが身分を明かしても、できることなんてほぼないだろうし。

「それにぼくが辺境伯だなんて言っても、誰も信じないでしょう」

「はあ……」

聖女様が嘆息すると、卓上にあるベルを持って鳴らした。

やがて室内に一人のシスターが入ってくる。聖女様には敵《かな》わないけど美人のお姉さんだ。

眼鏡がきらんと光ってるのがやり手っぽい。

「ローエングリン辺境伯、こちらはわたくしの第一秘書です」

「あ、はい。よろしくお願いします」

「さて。聖教国で高位貴族を名乗る方がやって来た場合どのような運用になっているか、目の前のボサッとした辺境伯に教えて差し上げて？」

「承知しました」

シスターが眼鏡をくいっと持ち上げて、

「聖教国では、他国の高位貴族は聖教国から招待を受ける、もしくは事前に許可を受けて来訪するのが基本であり、それらの書面提出を求めることになります。それらがない場合、聖教国指定国家の王族であることの証明ができれば、聖女様たち最高指導者へ身分扱いのお伺いを立てます」

「はい」

「そうでなければ唯一の例外を除いて、入国審査などで多少の便宜を図る程度となります。実際に高位貴族だからどうこうということはありませんね。まして中心区域への出入りを認めるなどまずあり得ないと申せましょう」

ぼくが思っていたとおりの内容だった。

ほらみろ何も間違ってないじゃないかと思っていると、

「そして現在、唯一の例外が『ローエングリン辺境伯』を名乗られた場合ですね」

「……はい？」

いったい何を言ってるんだこの人は。

「ローエングリン辺境伯を名乗る方がいた場合、担当者は即座に上役に連絡すると同時に本人確認することとし、まずは紋章などの証拠がないか確認します」

「でもぼく、そんなもの持ってませんよ……？」

「証拠の品を提示された場合ニセモノの可能性高し、とマニュアルに書かれています」

「なんですかそりゃ」

実際そうかもしれないけどさ。

「他にも真偽を見分けるポイントとして、本人の外見が冴《さ》えない好青年風であることや、やたらと庶民という単語を連発することなどが書かれています。それとももし本人の後ろに聖女様に匹敵するクイーンサキュバス級爆乳美少女が複数人いたら間違いなくホンモノ、というのがありますね」

「ええ……？」

まあユズリハさんや、身内贔屓《びいき》を差し引いてもスズハみたいな顔とスタイルの女の子がそうそういるとは思えないけどさ。

「いずれにせよ最終的には最高指導者である聖女様、教皇様、大司教様らが対面で判断し、決して間違えることのないようになっています」

「なんでぼくだけ、そんな手間隙《てまひま》が……？」

思わず飛び出たぼくの言葉に、シスターが子供に世界の道理を教えるような声で、

「──それが、聖女様を不治の病から救ったということなのです」

「…………」

「ローエングリン辺境伯は、ご友人のお姉様が苦しんでいる病気をたまたま治せただけ、という程度のおつもりでしょうが。──聖教国の歴史でも極めて能力の高い聖女様のみが

病気にかかり、しかも治療の甲斐《かい》なく確実に死亡する聖女病は、我が国にとってはいわば宿敵とすら言える存在だったのですよ。なにしろ、人々の希望であるはずの聖女様のみを狙い撃ちする、言い換えれば希望を塗りつぶすも同然の理不尽だったのですから」

「……」

「希望であるはずの聖女様を殺す病気。それを救った辺境伯は、いわば聖教国の、そして信者たち全てにとって救世主でもあるのです」

「えっと、それはただの偶然ですから……」

「辺境伯のお考えは、この際問題ではありません」

シスターがぴしゃりとぼくの反論を封じて、

「そんな救世主の辺境伯をないがしろにし、あまつさえ人違いなどして追い返したなどと噂《うわさ》が立ったらどうなります？　聖教国への支持は激減、最高指導者たちに対する不信は急速に高まり、数年もせず内乱が始まることでしょう」

「ありがとう。もう結構ですわ」

シスターが出て行くのを見送ってから、聖女様がぼくに向き直り。

「まあそういうことですわ、ローエングリン辺境伯」

「……話の最後が、もの凄《すご》く大げさというか、あり得ない展開でしたよね……？」

「まあ大げさですわ。でも国家が転覆するきっかけって、もとを正すとビックリするほど些細《ささい》なことも多いんですのよ？」

「そう言われたら反論のしようもありませんが」

「だから辺境伯は、次からは入国審査で名乗り出るか、そうでなければ最初の時のように直接わたくしの寝室に侵入してくださいまし。いつでも大歓迎いたしますわ」

「善処します……」

「絶対ですわよ？」

満面の笑みを浮かべた聖女様は、なんと小指を差し出して。

そのまま、指切りげんまんをさせられることになったのだった。

ちなみに指切りげんまんとは、魔法使いの子供がよくやる誓約の一種である。

……こういう不意に無邪気なところは、やっぱりトーコさんと姉妹なんだなと実感する。

＊

その後、歓迎パーティーやら儀式やらの日程を説明し始めた聖女様を慌てて制止して、霊峰にあるダンジョンの入場許可を取るために寄ろうとしたことを改めて伝える。

すると聖女様は残念そうに眉尻を下げながらも、

「入山許可ですの？　どうぞお入りになって」

「そんな簡単に⁉」

「たりめーですわ」

聖女様曰《いわ》く、霊山の入山許可を出さない理由は、人格も実力も知らないヤツに登られてゴミを撒《ま》き散らされたりウソの情報をばら撒かれたり、挙げ句の果てには実力不足のため死なれたりするのを防止するためで。

そこら辺が問題ないと分かりきっているぼくたちを、止める必要もないとのことだ。

「——ただし、お願いしたいことがありますわ」

「なんでしょう？」

「ロック鳥をゲットできたら、一部で良いのでこちらにもお肉を回してほしいんですの。骨や羽根でもいいですわ。もちろん謝礼は弾みますわよ」

なんでも聖山の頂上に長年棲《す》む魔獣なので、ある意味では宗教の聖獣に近い扱いらしい。なので肉や羽根などが手に入ったら、大事な儀式で少しずつ大切に使うという。

それなら獲《と》っちゃダメな気もするけれど、そこは魔獣なので問題ないんだとか。

その他の細々した話も終えて、

「じゃあぼくはこれで」

宿屋へ帰ろうとするぼくの腕が、なぜか聖女様に摑《つか》まれた。

「……あの……？」

「そう慌てて帰るもんじゃねーですわ。もうすぐ夜になりますし、明日出発するにしても一晩くらいはゆっくりするといいですわね？」

「ですが……」

「聖女を救った本人であるローエングリン辺境伯はともかく、そのお連れまでをここまで立ち入らせることはできません。なので先ほどのシスターに、連れの皆様に盛大な晩餐《ばんさん》でおもてなしするよう指示してあります」

「……うっ……」

庶民というものはタダ飯に弱い。もちろんぼくも。

「もちろん辺境伯は、こちらでわたくしと一緒に食事ですわよ。それと……」

聖女様が、なんだか言いにくそうに口をゴニョゴニョさせた後。

「……その後は、あの日の治療と同じように……わ、わたくしを一晩中抱きしめながら、ベッドで休んでいくといいですわ……！」

なるほどね、来たついでに治療していけということか。

まあ完治した以上、治療効果はないはずだけど。

それでも聖女様が落ち着くならば、ぼくの治癒魔法で癒やすことに異論はない。

「では、そうさせてもらいます」

「……そ、それがいいですわっ……！」

その時なぜか、聖女様は顔が耳まで真っ赤っかで。

ひょっとして風邪でも引いているのかも知れないと思ったのだった。

そして翌朝、直筆の入山許可証を携えて宿に戻ったぼくは。

やれ朝帰りだとか、ゆうべはお楽しみでしたねなどと罵られたのだった。

ぼくはただ、治療行為をしてきただけなのに。解《げ》せぬ。

6

聖教国を出ていよいよダンジョンに、というところで問題が発生した。

正確に言えば、問題があることに気がついた。

それは、メンバーの中にカナデがいるということで——

「よく考えてみたら、カナデはメイドなんだよねえ」

ぼくらがこれから挑むダンジョンは、大陸の最高峰に位置している。

そのダンジョン自体もちろん、そこに至る道もそれなりに険しいことが予想される。

普通はメイドを連れて行くなんて言語道断のハズだ。

というわけで聖教国で待つか、それとも領地に先に戻るかという話をしたけれど——

「カナデは、いっしょに行きたい」

「危険だよ？」

「メイドのみちは、いつも危険ととなりあわせ。そんなのへいき」

「でも……」

「それについてかないと、またスズハがたべつくす」

つまりスズハが信用ならないと。

その点に関しては、兄のぼくも同意見である。

ぼくがジト目をスズハに向けると、スズハが劣勢を悟ったのか慌てた様子で、

「で、ですが兄さん。カナデ一人を置いていくのも可哀想《かわいそう》では？」

「でもそれで危険な目に遭わせちゃ、元も子もないし」

考えてみると、このメンバーで問題なのはカナデだけなんだよね。

ぼくは一般人だけど魔獣とかは慣れてるし、趣旨としてぼくが行かなくちゃ意味がない。

スズハ、ユズリハさん、ツバキは女騎士学園生徒で、ダンジョンはある意味専門家。

うにゅ子に至ってはハイエルフ。心配する理由がどこにもない。

一方カナデは、どこにでもいる銀髪ツインテール無口褐色ロリ巨乳美少女メイドだ。

……それが本当にどこにでもいるかはさておき。

少なくとも戦闘力的な特徴は、持ち合わせてないんだよなあ。

「まあカナデの運動神経が、とてもメイドとは思えないほど良いのはよく知ってるけどさ。

ねえユズリハさん？」

「そうだな。わたしなぞ、たまにカナデが凄腕《すごうで》の暗殺者に見えるときがあるほどだ」

「ぎくっ」

「ん？　カナデ、いま何か言った？」

「……なにも」

「まあ何にせよ、カナデを連れて行くのは危険かもって。だから――」

「そんなこともあろうかと」

言ってカナデは豊満すぎる胸元に手を突っ込み、一枚の紙切れを取り出した。

「カナデ、なにこれ？」

「おすみつき」

読んでみると、領都にいる探検家の先生が書いたものだった。

ぼくとスズハが高山についての講義を受講した、あの先生だ。

みんなで囲んで書面を読む。すると──

「えーと、なになに……『メイドのカナデは体力能力ともに十分で、辺境伯に同行するに相応《ふさわ》しいメイドとして推薦できる』だって」

「キミ、しかも『カナデは非常に愛くるしく隊のマスコットとしての癒やし効果も抜群、さらにお茶の準備から夜のお世話まで何でもこなす万能メイドで絶対に連れて行くべき』なんて書いてあるが……なんだこれは？」

「なんだかカナデに都合の良いことばかり書かれているような……これ、本当に探検家の先生が書いたものでしょうか？　ねえツバキさん？」

「でもサインもあるし血判まで捺《お》されてるからホンモノだとは思うのだ。それより拙《せつ》は、書面がところどころ涙で濡《ぬ》れたみたいに滲《にじ》んでるのが気になったのだ……？」

どこから見ても疑惑だらけの推薦状だった。

……でもまあ、一応ホンモノなのは間違いなさそうだし……

「どう思います？　ユズリハさん」

「まあいいんじゃないか？　カナデはたった一人でローエングリン城の掃除を済ませたり、キミと一日中戦闘訓練をするほどの体力がある。それだけで並の女騎士よりは上だからな。それに推薦状もあるし」

「でも涙で濡れてましたよ……？」

「それは恐らくだが、マスコットだの夜伽《よとぎ》だのと無理矢理書かせたからだろうな」

「ぎくぎくっ」

カナデの怯《おび》えた様子を見るに、どうやらビンゴらしい。

――それにしても。

ここまで準備していたということは、やっぱりカナデは優秀なメイドということで。

「分かったよ。一緒に行こう、カナデ。でも無理しちゃダメだよ？」

「うん、カナデはご主人さまについていく。一生」

なんだか最後、不穏な言葉が足されたような気がしたけれど。

結局ぼくたちは、メイドのカナデも含めて聖教国を出発したのだった。

＊

白銀のダンジョンが位置するキャニクイテー連峰は、大陸随一の高嶺《こうれい》が集まる場所。

というかこの周囲には、標高の低い場所がない。

周囲より窪《くぼ》んでいる場所でも、軽く標高三千メートルを超えていたりするのだ。

そんな中でぼくたちは、見晴らしが良く方角を見失いにくいという理由で山の稜線《りょうせん》を伝って歩いて行く。

稜線とはつまり、連なっている山々の頂上を結んだラインだ。

必然的に左右が崖になるような、一番高い場所をずっと歩いて行くことになる。しかも森林限界はとっくに越えているので、樹《き》なんてどこにも見当たらない。

するとどうなるか。

風雨を遮るものが、上にも右にも左にも、どこにもないのだ。


山の天気は変わりやすいもので。

山脈に入って三日目。

出発した朝には好天だったその日、昼前にはひどい暴風に見舞われていた。

真《ま》っ直《す》ぐ歩くのもままならず、吹き飛ばされないように踏ん張るのが精一杯だ。

しかも稜線は万年雪に覆われていた。なので暴風と相まって滅茶苦茶《めちゃくちゃ》寒い。

ちなみにみんなのスカートは、温泉ダンジョンでトーコさんが巻き起こした爆風以上に捲《まく》れ上がっていた。

「こりゃ大変だ……」

多少こういうことにも慣れてるぼくや、女騎士学園の生徒だから大丈夫なのであって、一般人なら遭難間違いなしだと思う。

「ねえカナデ、平気？」

「うん。へいき」

そうは言っても、歩いているカナデの姿はなかなか大変そうだった。

それは、女騎士学園の生徒ではなくメイドだからという以外に、単純に体重が軽いから風に飛ばされやすいというのもある。

もちろん一番軽いのはうにゅ子だけど、現在ぼくの頭にぴっとりしがみついてるので、まあ大丈夫でしょ。

いつもはカナデの頭上が定位置のうにゅ子だけど、さすがにこの強風でカナデに更なる負担を掛けることはしなかったようで、風が強くなってきた頃合いと同時にぼくの頭上へ飛び移ってきたのだった。

「カナデ、いい加減寒くなってきたね。こっちおいで」

「……だいじょうぶ。カナデはできるメイド、だから寒さなんてへっちゃら」

「そう……？」

これはアレか。

ここに来る前一悶着《ひともんちゃく》あったせいで、カナデは自分がちゃんとみんなについて行けると
アピールしたいのだろうか。

そういう他人に迷惑を掛けまいとする姿勢や、メイドの仕事に対する厳しいプロ意識は
素直に凄《すご》いと思うのだけど。

でもカナデは、ぼくらの中で最年少なんだし、それにまだまだオコサマなわけで。

もう少しくらい年上のぼくらを頼ってくれてもいいと思うんだよね。

「――っ」

突発的に暴風が吹き、カナデが無意識に苦しそうに顔を歪《ゆが》めたのを見たぼくは。

うちの可愛《かわい》いメイドさんは手がかかるなあと、作戦を変えることにしたのだった。

「ねえカナデ。お願いがあるんだけど」

「なに？」

「風が凄く強くて、ぼくちょっと寒くなってさ」

「それはそう。びょうそく一メートルの風がふくと、体感おんどが一度さがると言われる。

だからご主人さまがいま感じている温度はおよそマイナス六十度」

「マジですか」

寒い寒いとは思ってたけれど、まさかそこまでだとは。

そりゃ防寒着を着ても寒いはずだ。

「だからねカナデ、暖かい湯たんぽが欲しいなあって」

「……ごめんなさい。ご主人さま用のゆたんぽを準備してない」

「いや、そこにあるじゃない」

「?」

「カナデを湯たんぽ代わりに抱きしめて歩けば、きっとすごく暖かいだろうなって」

「……!」

意外と鋭いカナデのことだ。

ぼくの単純な、カナデの身体《からだ》を抱きしめて少しでも温めてあげたいという思惑なんて、きっと一瞬で見抜いているはず。

けれどカナデは、呆然《ぼうぜん》とした顔でぼくを見つめた後。

目元をぐいと袖で擦《こす》って、少しだけ震える声で返事をした。

「……しかたない。それならカナデが、ご主人さまをあったためる……!」

言うなりカナデが、ぼくの胸元に飛び込んでくる。

カナデの手足やほっぺたは、強風に晒《さら》され続けてビックリするほど冷たくて。

手足を摩《さす》って温めているとカナデが、

「……かくごして」

「うん？」

「ご主人さまはいつも、カナデのこころもからだもポカポカにしてくれる。でも、それはほんらいメイドの仕事で、今のカナデはメイドのなおれ」

「そんなの気にしなくていいよ」

「だからカナデはもっともっと、メイドとしてしょうじんして――ご主人さまにもらったポカポカを何百倍にも何千倍にもして、一生かけて返しつづける……！」

――カナデはそんなことを、ぼくと目線を合わせずに呟《つぶや》いて。

なのでそれは、ぼくに聞かせるつもりも無い、個人的な決意表明なのだろう。

だからぼくは、暴風でよく聞こえなかったフリをして。

その代わり、カナデの頭を優しく撫《な》でてやったのだった――

ちなみにその直後、ぼくがカナデを抱きかかえていることが前方を歩いていたスズハとユズリハさんに見つかって。

「ずっこいです！　兄さん、わたしもお姫様抱っこを希望します！」

「いや、風で飛ばされないようにしてるだけだからね……？」

「そうだったのか。ところでキミ、わたしもさっきから風で飛ばされそうで大変なんだ。

なにしろ女騎士の中でもスリムな体型と評判のわたしは、比例して体重も軽いからな」

「え？　ユズリハがスリムだとか、ちゃんちゃらおかしいのだ」

「ですよねえ。兄さんにお姫様抱っこされたいという欲望がプンプンです」

「ていうかそのクッソ発育した乳と筋肉で、どの口が寝言吐いてるのだ……？」

「そ、それはさすがに言い過ぎじゃないのか⁉」

……ヘタに口を挟んだら、即セクハラに認定されそうな口論が勃発してしまい。

ぼくはひたすら目を逸《そ》らしつつ、カナデの身体を温めたのだった。

7

白銀のダンジョンが、普通のダンジョンと大きく異なることは二つある。

一つは、下に降《くだ》っていくのではなく、上に登っていくこと。

もう一つは、ダンジョン内でも猛吹雪が吹いていることだ――

「……なんだろうね、これは」

ダンジョンの入口を抜けたところで、思わず立ち尽くしてしまった。

その勢いは、ここに来るまでに遭遇した暴風雪が生暖かく感じるほどの激しさで。

「なんでダンジョンの中なのに吹雪《ふぶ》いてるんですかね、ユズリハさん？」

「そうだな……これは推測だが、長年降り積もった雪がダンジョンの魔力とアレした結果ダンジョン内でも吹雪くようになったのではないか」

「さすがユズリハさんは賢いですね」

「えへへ」

まんざらでもないという顔で照れ笑いを浮かべるユズリハさん。可愛い。

具体的な説明になってないことを除けば完璧、ていうかアレってなにさ。

「兄さん、前が全然見えませんね……？」

「うーん」

いわゆるホワイトアウトと呼ばれる現象だ。

こうなると真っ直ぐ進んでいるつもりでも、いつのまにか円を描くように同じ場所へと戻ってしまったりする。

どうしたものかと考えていると、ツバキがこんなことを言い出した。

「東の大陸に『心眼』と呼ばれる技術があるのだ」

「ほほう」

「心眼とはつまり、目を閉じているのにモノがはっきり見える、そういう技術なのだ」

なるほどね。

確かにその心眼とやらを使えば、このゼロ視界の状況でも迷わずに済むに違いない。

「とはいえそんなのは、伝説の武術の達人だとか仙人だとかが使えるって噂《うわさ》があるだけで、実際には無理に決まってるのだ――」

ツバキの講釈が続いているようだけど、ぼくは沈思黙考して、その原理を考える。

視界に頼らないということは、別の感覚から情報を拾っているのだろう。

例えばそう、魔力。

魔力をアンテナのように薄くのばして周囲に放出し、僅かな魔力の起伏を拾うとか。

えっと、これを、こんな感じに――

「まあお伽噺《ときばなし》の類いなのだ……っておぬし、どうしたのだ？」

「――できた」

「突然なに言ってるのだ⁉」

「いやー、さすが東の大陸の知恵は凄いねえ。こんな方法があるなんて。うんうん」

「おぬしがなにを感心してるか完全に理解不能なのだ……でもそれが、まるっとするっと完全に的外れなことだけは、はっきり分かるのだ……！」

「なにそれ酷《ひど》い⁉」

とはいえそれでも、面倒すぎるダンジョンには違いない。

こんな厄介なダンジョン、とっとと用事を済ませておさらばしたいなあ……

そんなことを思いつつ、猛吹雪の中へ足を踏み出すぼくなのだった。

＊

およそ半日後、ぼくたちは完全に手のひらを返していた。

それはもうドリルのようにくるくると。

「こんな素敵すぎるダンジョンが、この世にあるなんて……！」

「まったくですね、兄さん！」

「うにゅー！」

何が最高かって魔獣ですよ魔獣。

スノーラビットだのスノーウルフだのスノーベアだの。

もう、ありとあらゆる美味《おい》しい魔獣のオンパレードなのだ。

大猟にもほどがあるくらい獲物を狩ったぼくたちは、ありあまる雪でかまくらを作り、その中で獲物の肉を炙《あぶ》っていた。

「もういっそこのまま、このダンジョンに住んでしまいたい……！」

「なっ、キミはなにを言ってるんだ⁉ キミにはわたしと一緒に公爵家を継ぐ未来が……いや、キミがどうしてもと言うならば、駆け落ちもやぶさかではないが！」

なぜか慌てたユズリハさんが意味不明なことを言いだしたけれど、それはさておき。

「でもこんなに美味しい狩り場なら、もっと有名でもいいはずなのに……」

そんな疑問を漏らすと、ツバキが呆《あき》れ声で。

「そんなの、おぬしがいなければ成り立たない狩りだからなのだ」

「そうかなぁ？」

「そもそも、このダンジョンにいる魔獣はかなり強い……のは、スズハやユズリハくらい強ければなんとかなるとしても、魔物から漏れ出る微弱な魔力を感知して獲物を探すとか、普通に考えて頭がアレなのだ。常識外れもいいとこなのだ」

「いやあ、そこまで褒めて貰《もら》うと照れるなあ」

「一ミリも褒めてないのだ!?」

なんでさ。ぼくの編み出した画期的な狩猟法に、感動したんじゃなかったのかな?

「まあ、兄さん以外には不可能な狩猟法というのは間違いないですね」

「スズハ」

「ですが言い換えれば、兄さんさえいれば問題ないということです。どうでしょう兄さん、いっそ煩わしい辺境伯稼業《かぎょう》などから足抜けして、兄妹《きょうだい》二人ここで暮らすというのも……」

「ば、ばかをゆーなっ！　スズハくんの兄上がこんなダンジョンで生涯を終えるだなどと、許されざる世界の損失だぞ！」

「それはいくらなんでも大げさすぎかと……うん、お肉焼けましたよ」

『わあぃ』

そしてまた、狂乱の肉のカーニバルが始まるのだった。

山のように積まれていた肉が、すっかりみんなの胃袋に消えて。

さて次は、どこに魔獣がいるかなと魔力をサーチしていると——

「なあキミ、肉もいいが次は魚もいいかもしらん。魔獣サーモンの炭火焼きなんてどうだ。

皮の部分の脂がじゅわっとしたところなんか堪《たま》らん。スズハくんもそう思わないか？」

「全面的に賛同しますが……魚の場合も魔獣と呼ぶのでしょうか。それとも……魔魚？」

「ていうかダンジョン内に川が流れてるかは知りませんけどね」

「それよりも、上へ向かう階段は探さなくていいのだ……？」

いや探しているけどさ、もう少しこの階に留《とど》まっててもいいと思うの。

上の階にもこれほど魔獣が豊富だという確証はない……あれ？

「どうかしましたか、兄さん？」

「いやね。ごく薄い、今にも消えかかりそうな魔力が引っかかったんだけど……」

「獲物ですね！」

「それが魔獣の魔力っぽくないんだよなあ。どっちかというと、うにゅ子の魔力にかなり近いんだけど……？」

「しかしキミ、うにゅ子はカナデの頭の上にいるぞ」

「うにゅー？」

「そうなんですよねえ。うーん……」

そして全員で首を傾《かし》げることしばし。

「……兄さん。それってもしかして、うにゅ子さん以外のエルフがいるのではないかと。

しかも今にも消えかかりそうというと……」

「遭難！」

ぼくらが慌ててかまくらを飛び出したのは言うまでもない。

＊

そして反応のあった場所にたどり着くと、そこには大規模な雪崩の痕跡があった。

「これは、雪崩に埋まっちゃった感じかな？」

「掘り出しましょう、兄さん！　とはいえスコップも持ってないですが……」

「うーん……」

どうしたものかと考えていると。

寒さ対策でぼくに抱えられたカナデが、くいくいっと指を向けてジェスチャーしてきた。

どうやら話を振って欲しいご様子。

「カナデ、何かいい方法ある？」

声をかけると、ぼくに抱きかかえられていたカナデがぴょんと飛び降りて。

「てててて～。メイドなぷつ道具のひとつ、ふんさいスコップ～」

謎の効果音とともに、折りたたみ式のスコップを取り出した。

……胸の谷間から。

「え、なに？　そのスコップ、谷間に収納してたの？　本当に？」

「兄さん、乙女の谷間は秘密の花園です。詮索は禁物ですよ？」

「そうだぞキミ。ちなみにわたしだって、アレくらいやろうと思えば余裕だがな！」

「うにゅー！」

いやうにゅ子、キミには絶対無理だと思うよ？

「……まあ収納場所はともかく、カナデのおかげで大分掘りやすくなったということで」

ふんさいってどういう意味さ、などと聞くのも忘れたまま掘り進めていくと。

果たして、雪の下から半分氷漬けになったエルフが出てきた。

やたらと美人でスタイルがいいので、きっとエルフだと思う。多分。

「ていうか魔力があるってことは、この状態でも死なないんだねえ。エルフしゅごい」

「だがおぬし、どうするのだ……？　このままだと普通に死んじゃうのだ」

「そこはぼくの治癒魔法でファイト一発」

「おぬし、治癒魔法まで使えるのだ⁉」

あれ、ツバキはぼくの魔法見たことなかったっけ。

まあ使い勝手が悪すぎる魔法だから、そうそう見る機会もないはずだけど。

「……って、ツバキも見たことあるでしょ。ムラマサ・ブレードを解呪したときに」

「人命救助と呪いを解くのは、まるっきり違うと思うのだ……？」

「似たようなもんなのだよ、きっと」

ツバキが後ろで「ド偏見なのだ……」とか呟《つぶや》いてるのを無視して、即席かまくらを作り火をおこして氷を溶かし、そして治癒魔法。

無事、瀕死《ひんし》のエルフを蘇生《そせい》することに成功したのだった。


お話を伺って驚いた。

なんとこの白銀のダンジョン、聖教国のみならずエルフにとっても聖地なのだとか。

「とは言っても、聖教国は山そのものが霊峰ですが、エルフにとってはダンジョンこそが重要なんですけどね」

「そりゃあそうですよね」

さすがは悠久の時を生きる種族、エルフ。

真に美味しい狩り場は、しっかりと熟知しているということか。

「ぼくもここに来てビックリしました。みんな美味しすぎるというかなんというか」

「えっと……？」

ぼくの熱い同意に、なぜかエルフさんは首を傾げて。

「何か勘違いをしているようですが、魔獣の味のことではないですよ？」

「なんと!?」

ショックを受けるぼくを尻目にスズハが聞いた。

「それでは、なぜダンジョンが重要なのでしょう？」

「……あなたたちは命の恩人なのでお教えしますが、このダンジョンではその昔、少量のオリハルコンが採掘されていたのです」

「へえ」

そういえば、エルフにとってオリハルコンは大事だという話だったような。

「すでに枯渇《こかつ》したと聞いてはいたのですが……里を出るときに持ち出したオリハルコンが先日ついに無くなりまして、ワンチャン少しくらいなら掘れるかもと思って来たのですが、まるで見つからずそのうちに……」

「雪崩に巻き込まれたと」

そりゃあ大変でしたね、と同情する。

「それにこのダンジョンは、伝説のハイエルフも何度も通ったとされているのです」

「それもオリハルコン目的で？」

「いえ。そちらは、山頂のロック鳥を仕留めようとしていたようです。この山の頂上には
ダンジョンを抜けないと出られないのだとか」

「へえ」

つまりこのダンジョンでは、山頂にいるロック鳥がボスみたいなものか。

「しかしエルフの方から見ても、ハイエルフというのは伝説なんですねえ」

「まあハイエルフは確かに珍しいですが……特に有名なハイエルフの姉妹がいたんですよ。

その二人の活躍があまりに抜きん出ていたものですから、伝説と呼ばれているんです」

「なるほど」

「うにゅうにゅー」

うにゅ子がなぜかドヤ顔で腰をくねらせているけれど、ハイエルフならみんな伝説って
わけじゃないからね？

その後はオリハルコンに困っているならということで、ぼくの領地にあるエルフの里を
紹介しておいた。

8

ローエングリン城の講義で、先生が言っていた。

標高が高くなると、高山病というモノにかかると。

その症状は頭痛や疲労、食欲不振、重症だと息切れなどを起こして、最悪では死に至る恐ろしい病であると。

そして白銀のダンジョンは、先へ進めば進むほど高度が上がる。

つまり順調にダンジョンを進むぼくたちの元にも、恐ろしい高山病の魔の手が音もなく忍び寄ってくるのだった――！


きっかけはスズハの一言だった。

「兄さん。わたし、なんだか疲れてきました」

「ん？　どうしたの？」

「これはひょっとして、高山病というモノではないのでしょうか。というわけで兄さんの介護を希望します。具体的には、最近ずっと兄さんの抱きまくらポジションに就任してるカナデさんに代わり、わたしをお姫様抱っこで介抱してください」

「そりゃ困ったね……ちなみに、高山病には食欲不振の症状もあるみたいだけど？」

「幸いなことにそちらの症状はまだありません。なので軽症である今のうちに安静にして回復すべきかと」

「そうだねえ」

というわけで、取りあえずスズハを前にお姫様抱っこする。

こうすることで移動時にも休息し、疲労を回復させようというわけだ。

ちなみにカナデはぼくの頭の上へと移動した。

とりあえずこれで様子を見ようとしたところで、ユズリハさんがぼくの袖を引っ張った。

「なあキミ。その高山病というのは一体なんだ？」

「ああ、それは――」

ぼくが病気の説明をすると、なぜかユズリハさんがどんどん胡乱《うろん》げな顔になっていき。

「んー、んんんー……？」

「どうしたんですかユズリハさん」

「ちょっと確かめたいことができた」

そう言ってぼくの腕の中にいるスズハに近寄り、テキパキと脈や体温など測っていく。

さすが女騎士、手慣れたものだと感心する。

「ふむ。脈や体温は正常、顔色も悪くない。気分はどうだ？」

「兄さんの腕に抱かれているので幸せです」

「疲れたと言っていたが具体的にはどの程度？」

「兄さんに運んで欲しいと思うほど疲れています」

「率直に言って仮病では？」

「……ソンナコトナイデスヨ？」

まあぼくも仮病ってことはないと思う。なにしろいいことが何一つない。

せいぜいが、ぼくに運んで貰《もら》えるということくらいだ。

「よし分かった。なあスズハくんの兄上」

「なんでしょう」

「今日はここでかまくらを作って、休息するとしようじゃないか」

そうですねと口を開こうとする前に、なぜかスズハが大声で叫んだ。

「えええええっ⁉」

「どうしたのさスズハ？」

「そ、それではわたしの計画が——もとい、まだ昼を過ぎたばかりですし、もう少し先へ進んだ方がいいのでは？」

「そうはいかない」

ユズリハさんが沈痛な表情で首を横に振り、

「スズハくんほどに鍛え抜かれた女騎士すらかかってしまう、高山病というのはそれほど恐ろしい病気なのだろう。それに我々の旅程はそこまで切羽詰まっているわけでもない。ならば先に進むより、万全を期してこのまま一日休む方が――」

「ちょ、ちょっとストップです、ユズリハさん！」

なぜかスズハが慌ててストップをかけると、ぼくの腕から下りて。

少し離れたところで、ユズリハさんと二人で話し始める。

「……ねえツバキ、あの二人どんな話してると思う？」

「拙《せっ》がなんとなく想像するに、凄《すご》くくだらない話なのだ」

「そうなの？」

「しかもその上、既得利権をどうやって分配するかみたいな汚い話でもあるのだ」

「なんだそりゃ」

そんな話をしてたら、二人が戻ってきた。

なんだかユズリハさんが、やたらツヤツヤした顔をしている気がする。

「戻りましたか。じゃあちょっと早いですけど今日はもう――」

「ああいや、その必要はない」

かまくらを作るべく動こうとするぼくを、ユズリハさんが制止した。

「スズハくんの体調その他をいろいろ確認したが、問題となる点はなさそうだ」

「そうですか。よかった」

「ただし念のため、今日一日はキミが抱きかかえているのが良いだろうな」

「あれ？　だったらやっぱり休んだ方が――」

「ああいやいや。あくまで念のためで、休むほどじゃあないんだ」

そこでユズリハさんは咳払《せきばら》い一つ。

「こほん。――ところでだな、スズハくんともよく話し合ったんだが、女騎士にとっても高山病は恐ろしい病気だ。明日以降、わたしも何度かそうなる可能性が極めて高いだろう。しかしわたしやスズハくんは鍛えられているので、かかったとしてもケアさえ十分ならばそこまで心配する必要はない」

「なるほど。ではそうなった場合、どうすれば？」

「半日ほど自分で動かず、キミにお姫様抱っこでもされながら動いていれば治るはずだ。だからその時は協力してほしい」

「分かりました」

だったらその日はそこで停滞でもいいと思うけど。

とはいえ、ユズリハさんはぼくとは違って忙しいから少しでも早く帰りたいはずだし、前に進みたいのは当然か。

あと、ツバキがなぜか「拙の予想通りなのだ」と言ってドヤ顔をかましていた。

9

どれくらいダンジョンを登り続けただろうか。

階段を上った先で真っ青な空が目に飛び込んできたぼくたちは、ようやくダンジョンの頂上まで辿《たど》り着いたのだと知った。

「長かった……！」

いや、本当に遠い道のりだったのだ。

なにしろダンジョンの中は八割以上の確率で猛吹雪だったせいで、ホワイトアウトして目指す階段がどこにあるか分からなかったり。

ダンジョンの魔獣が美味《おい》しすぎるせいで、ついつい狩猟にかまけてしまったり。

スズハとユズリハさんが高山病にかかった結果、ぼくが抱きかかえて運んだり。

それに――

「やはり大陸最高峰の頂上まで来ると酸素が薄いですね、兄さん」

「そうだね。少し息苦しいよ」

「というわけで、兄さんのマウストゥマウスによる人工呼吸を所望します」

「ダメだよ⁉」

マウストゥマウスなんて医療行為である点を除けば、ちゅーそのものである。

即座に否定すると、ユズリハさんがしたり顔で頷《うなず》きつつ。

「そうだぞキミ。兄妹《きょうだい》でマウストゥマウスなどいけない。倫理にもとるからな」

「それ以前に必要ありませんしね。というわけでスズハは諦めて――」

「しかしわたしとなら兄妹ではないので、倫理的にまったく問題なしだ」

「身分的に大問題ですが⁉」

ていうか、未婚公爵令嬢とマウストゥマウスだなんて兄妹の百倍アウトである。

「なので、どうしてもマウストゥマウスを試したいのならツバキとでもやってください。

ねえツバキ？」

「拙なのだ⁉　……まあ、本当に治療で必要なら仕方ないのだ……？」

なんか納得いかん、という顔をしつつも頷くツバキ。

一方のスズハとユズリハさんは互いの顔を見合わせて。

「それは違うというか……なあスズハくん？」

「そうですね。それに兄さん、わたしたちとツバキさんではそもそもマウストゥマウスができません」

「なんでさ？」

「お互いの胸が大きすぎるので、つっかえて口づけができません」

「首を前に伸ばす努力をしようね⁉」

そんな益体《やくたい》もない会話をしつつ、山頂に棲《す》まうというロック鳥を待つ。

何しろこのロック鳥、ちょっとした島ほどもある大きな魔獣だと言われている。

それが見つからないということは。

探すまでもなく、今この近くにいないのは明白で。

「……いないね」

「いませんねえ、兄さん」

「うにゅー……」

ということで、その日はかまくらを掘って野営することにした。

それでもぼくらは、数日も待ってれば姿を現すだろうと期待していたけれど。

それから何日経《た》っても、ロック鳥は影も形も見せなかった。

＊

あまりにもロック鳥が姿を見せないので、ぼくたちは何か手がかりになる物はないかと頂上を捜索することにした。

とは言っても山頂には降り積もった万年雪の他には、三百六十度見渡す限りの絶景しか見当たらず――

「何もありません、兄さん」

「ないねえ」

案の定というべきか何も発見できないのだった。

「ひょっとしたらキミ、渡り鳥的に今は別の場所にいるとか……？」

「かもしれませんね」

「おぬし、これからどうするのだ？　このまま山頂に留《とど》まっていても良いことがあるとは拙には思えないのだ」

「そうだね……じゃあ最後に山頂を魔力で探査して、それでも何もなかったら帰ろうか。ユズリハさん、それでどうでしょう？」

「むむっ……生涯の相棒と一緒に伝説級の魔獣を狩るというのは、わたしが子供の頃から温め続けた夢の一つなのだが……だがしかし、悔しいが仕方ないか。そもそもロック鳥が見つからないのではな」

「ではそういうことで」

魔力で探査するといっても、特別な何かをするわけではない。

要はダンジョンで魔物を探したり、遭難したエルフを見つけた時と同じだ。

ロック鳥が留まれるだけあって、山頂は周囲一キロくらいの割合広い場所なのだけれど、その中には常に強烈な風が吹き付ける結果、雪がほとんど付着せずにすぐ吹き飛ぶ場所もあれば、逆に雪の吹きだまりになるような場所もある。

その雪が滅茶苦茶《めちゃくちゃ》積もっている場所の奥に、ひょっとしたら何かあるかもということで、魔力探査で確かめようという目論見《もくろみ》なのだ。

……とは言っても、言い出したぼくも本当に何か見つかると期待したわけじゃなく。

どちらかというと、何もないことを確認するための作業みたいなものだ。

案の定、ほんの僅かな魔力の残滓《ざんし》すら見逃さないよう調査していっても、何が見つかるわけでもなく、時間だけが過ぎていった。

そして最後に。

頂上の一番奥にある吹きだまりを調査すると。

「……あれ……？」

「どうしたキミ？」

「奥の深いところに、すっごく薄い魔力の反応が……何かは分からないんですが……」

「では掘り返してみよう。スズハくん」

「了解です」

そうして女騎士軍団が深さ五十メートルの雪を掘り抜いて出てきたモノは。

空をビシッと指さしたまま氷漬けになった、美しい銀髪のエルフだった。

「…………」

「…………」

これどうしよう、と身も蓋もないことを考えてしまう。

「しかしユズリハさん。このエルフ、えらくカッコイイ感じで凍り付いてますね？」

「ああ。いかにも『少年よ大志を抱け』とか言いそうな格好だな」

「拙《せつ》の故郷でよく見た、突撃を命令する司令官の姿にそっくりなのだ」

まあ格好についてはともかく
「……兄さん。ひょっとしたら、エルフは氷漬けになるのが大好きな種族なのですか？

以前のエルフもそうでしたし」

「んなアホな」

「ところでキミ、このエルフは生きてるのか？」

「どうでしょう？　すっごく薄い魔力は感じられますから、ワンチャン生きてる可能性が
ある気もしますが……でも滅茶苦茶深い氷の奥に眠ってましたからね……」

「そうだなあ……」

「拙は思うのだが、このエルフが滅茶苦茶奥深くに眠ってたってことは、ひょっとしたら
こいつ、数百年とかヘタしたら千年以上前のエルフかも知れないのだ？」

「その可能性もあるよねえ。それで生きてたら、そっちの方がビックリだよ」

まあいくら悩んだところで答えは出ない。

というわけで。

無理だよなーとか思いながらも、蘇生《そせい》を試してみることになった。

お湯を沸かして分厚い氷を溶かし、慎重かつ大胆に治癒魔法を流しまくってみる。

すると――なんと息を吹き返したのだ！

薄目を開けたエルフさんが目をぱちくりさせて、

「……ここはどこだ、キミたちは一体……!?」

なんて驚いてたけど、こっちの方が滅茶苦茶ビックリしたよ、もう。

10

魔獣の肉を食べさせながら、銀髪エルフさんのお話を伺う。

どうも彼女は山頂で狩りをしている途中、猛吹雪に遭い氷漬けになってしまったようだ。

とはいえ詳しいことは記憶の彼方《かなた》らしい。

それでもいろんな話を聞いてみたところ。

なんとこのエルフさん、千年以上も氷漬けになっていたみたいだ。

「……改めて、エルフの生命力って凄《すご》いと思いますよ。ねえユズリハさん？」

「わたしはそのエルフを蘇生させたキミの方が、よっぽど凄いと思うがな」

「気のせいですよ」

そんな話をする横で、うにゅ子が何事か悩んでいた。

例えるならば、探偵が現場を見ながら「妙だな……」とか言ってるあの感じ。

「うにゅ子ってば、さっきから一体どうしたの？」

「うにゅー……？」

「カナデ。通訳お願い」

「……あのエルフ、うにゅ子と顔や髪色までそっくりなうえに胸がとてつもなくでかい。なのでうにゅ子のヒロインの座がぴんち、とあわてている」

「うにゅっ⁉」

「しまったこれはこころの声」

「うにゅ――っ‼」

うにゅ子が腕をぐるぐる回してパンチしてくるのを、カナデが器用に受け流している。

二人とも仲が良いよね。

「うにゅ！　うにゅ！」

「……あとおっぱいとは別に、なんか見たことある気がするっていってる」

「元は同じ集落にいたとか？」

「あり得ますね、兄さん。千年以上前とはいえ、エルフの集落がそう幾つもあったなんて思えませんし」

「そうだねえ」

しかしあのエルフさん、豪快な食べっぷりだなどと思っていると。

「――うにゅっ⁉」

うにゅ子がいきなり飛び跳ねたかと思うと、ぼくの袖を引っ張って物陰へと連れてきた。

どうやら何か思い出したようだ。

「うにゅっ！　うにゅっ！」

「カナデ。通訳」

「……あのエルフは、うにゅ子の生きわかれの妹」

「えええええっ⁉」

いや確かに、顔立ちや髪の色、雰囲気なんかはそっくりなんだよね。

身長と胸の大きさが全然違うので、あんまりそうは見えないけれど。

「妹さんは、うにゅ子のこと気づかないんだね？」

「うにゅー！」

「エルフの里にいたころは、小さい姿にならなかったから」

なるほどね。それじゃ、今のうにゅ子を見ても分からないわけだ。

「それはそうと、なんですぐ名乗り出ないの？」

「うにゅにゅー……」

「うにゅ子の妹はそのむかし、うにゅ子にすごくなついて、うにゅ子をとても尊敬してた。でもうにゅ子は、吸血鬼を倒しにいったまま姿をけした。妹のきたいを裏切った」

「そんなことは……」

「なので、妹がいまもうにゅ子をおぼえてて、尊敬してるのかたしかめたい」

「ふむ」

「もし今も尊敬してるなら、妹にうにゅ子のいいところを言わせまくってるとちゅうで、後ろからポンポンと肩をたたいてびっくりさせたい」

「なるほどねえ」

いわゆる御本人登場というやつだ。

逆に印象が悪くなってるようなら、そのまま名乗り出ないということか。

ぼくから見れば別に家族なんだから名乗り出ればいい気もするけど、それはまあ様々な思いがあるんだろう。

「じゃあぼくが探ってみるよ」

「うにゅ！」

というわけで物陰から戻り、エルフさんの前に陣取る。

エルフさんはちょうど肉を食べ終わり、お腹《なか》をさすりつつユズリハさんと談笑していた。

こうして並んでると、本当にどっちがエルフか分からなくなる。

エルフ顔負けの美貌とスタイルを併せ持つユズリハさんが異常すぎるんだけどね。

「エルフさんエルフさん、よろしければ聞きたいことが」

「なんだ？　お主はわたしの命の恩人だからな、知っていることならば何でも教えよう。ハイエルフに代々伝わる秘密とか」

「そんな大層なことは聞きませんよ⁉」

初手の感触は上々。これならスムーズに聞き出せそうだ。

そんなエルフさんの背後には、うにゅ子が不安げな様子でスタンバイしている。

「エルフさんの家族ってどんな感じだったのかなって。ああもちろん、言いたくなければ答えなくて大丈夫ですので」

「そんなことはない。――そうだな、わたしには姉が一人いた」

「うにゅ……！」

うにゅ子が小さな拳を握りしめ、固唾を呑《の》んで見守っている。

「どんなお姉さんでした？」

「そうだな。一言で表せば」

過去に思いを馳《は》せるエルフさん。そして、

「――わたしの姉は、エルフの中のエルフというべき存在だった。今でもわたしの、いや全エルフの憧れだな」

「うにゅ――――っ‼」

うにゅ子が文字通り飛び上がった。

エルフさんはなおも続けて、

「戦場における判断の正確さに圧倒的な攻撃力、そして変幻自在の魔法とそれを操る魔力。姉さんはエルフの中でも比類なき戦士だった。……ある日を境に姿を消してしまったが、それでもわたしは姉さんが不覚を取ったとは思っていない。なぜならわたしの姉さんが、負けるなんて想像もつかない。それほど皆に信頼されたエルフだったからだ」

「うにゅ！　うにゅ！」

うわぁ、うにゅ子めっちゃ喜んでる。

「わたしはいつの日か姉さんに追いつきたい、姉さんの横に立ちたいと願い修行を続けた。しかしそのたびに、姉さんがいかに偉大だったのか実感させられる」

「うにゅにゅにゅ～」

うにゅ子、今度は滅茶苦茶《めちゃくちゃ》照れてデレデレ状態である。

「わたしの姉さんはわたしたちエルフから見ても可憐《かれん》で、凛《りん》として、それでいて圧倒的に美しかった――それはエルフであることに慢心せず、いつも内心を磨き抜いていたからだ。わたしはあの人の妹として恥ずかしくないよう、血の滲《にじ》むような鍛錬を自己に課してきたつもりだが……やはりまだまだだな」

「うにゅうにゅー♪」

調子に乗りすぎたうにゅ子、ついにエルフさんの後ろで腰振りダンスを始めてしまう。

凄くダンサブルな動きだ。

アレですよアレ。幼女が嬉《うれ》しさの頂点に至ったとき、お尻をフリフリするというやつ。

当然ながら色気の欠片《かけら》も感じられない。

しかしまあ、エルフさんのうにゅ子への印象は最高だ。

後はタネ明かしをするのみ。

背後から近づいたうにゅ子が、エルフさんの肩をポンポンと叩《たた》き。

振り返ったエルフさんに、自分の方に親指を向けてドヤ顔をかます。

するとエルフさんは一言。

「――つまり姉さんは、この膨れ饅頭《まんじゅう》のごときアホ幼女とは正反対なわけだ」

「うにゅ――――っ!?」

ガガーン、と背景に雷を幻視するほどショックを受けるうにゅ子。

……まあ、幼女姿のままじゃ分かるわけないよねえ、などと思いつつ。

真っ白な灰になって崩れ落ちるうにゅ子に、ぼくはただ黙祷《もくとう》するしかないのだった。

いやあ。

天国から地獄とは、まさにこのことですね。

＊

まあアレだ。うにゅ子は不幸な事故ということで。

ぼくらが世界一高いダンジョンの頂上まで来た理由は本来、うにゅ子の生き別れの妹を探すためではなく。

ユズリハさんへの贈り物のために、ロック鳥を狩りにきたわけだ。

そしてエルフさんもまた、山頂で狩りをしていたとのこと。

というわけで、何か知らないかと聞いてみれば。

「——ロック鳥？　そんなのはもういないぞ」

「え？」

「とっくの昔に、わたしが狩って食べた」

「ええええええええええっ⁉」

なんということでしょう。

お目当てのロック鳥は、とっくに狩られていたらしい。

「それがまた、この世のものとも思えぬ美味でな。ついもう一羽《わ》見つからないかと、この山頂でずっと張り込んでいたのだが、何百年経《た》ってもそんなものは姿を見せず……ついぞいつの間にか、逆にわたしが氷漬けになってしまったのだ」

「はあ……」

つまりアレか。このエルフさんが氷漬けになった理由は、食い意地が張っていたからと。

それはそれでどうかと思う。

「しかもそれって、軽く千年以上は昔の話ですよね……？」

「間違いないな。お主らの話を聞く限り、わたしが氷漬けになって少なくとも千年以上。ロック鳥を狩ったのは、その数百年前だからな」

「ですよね……」

要するに、とっくの昔にロック鳥なんてのは消えてなくなっていたのだ。

これが普通の山なら、もう山頂にロック鳥がいない事実はとっくに広まっていただろう。

しかしこの山は、ふもとに辿《たど》り着くことすら困難な霊峰で。

それに、せっかく訪れた霊峰を語るときに「自分はロック鳥を見た」なんて、話を盛る人間だっていいただろう。なにしろほぼ確実に嘘《うそ》だとバレない。

そんなこんなで、未《いま》だにロック鳥がいるという噂《うわさ》ばかり残り続けたということか。

まあアレだ。

目的は果たせなかったけれど、うにゅ子の妹を助けられたし結果オーライ……かなあ？

そんなことを考えていると、

「……その様子だと、ひょっとしてお主たちもロック鳥を？」

「ええ。こちらのユズリハさんのお祝いにと考えてたんですが……」

事情を話すと、エルフさんが一つ頷《うなず》いて。

「なるほど。それは悪いことをした」

「いえそんな」

「──代わりと言ってはなんだが、ハイエルフに伝わる裏ダンジョンを教えよう」

「へ？」

そこからエルフさんの話すところによると。

エルフの中でもごく一部、認められたハイエルフに伝承されるダンジョンがあるとか。

その裏ダンジョンは白銀のダンジョンと比べても難易度が高く、出てくる魔物に至っては大陸一強力なのだという。

ユズリハさんが興奮した顔でぼくを見る。

「キミ、これは――！」

「そうですね！」

魔物が強い、イコール味が良くなるわけで。

ロック鳥は残念だったけれど、代わりに大陸一美味《おい》しい魔物がいるダンジョンの情報が得られたというのは悪くない。

というわけでぼくたちは、次の目標をエルフに伝わる裏ダンジョンに定めたのだった。

3章　裏ダンジョン

1

ダンジョンから城に帰ってくると、前にも増して領都のあらゆる場所が工事していた。

なんかこの街いっつも工事してるな、と思う。

活気があるのはいいことだけど。

留守番をしていたアヤノさんに、白銀のダンジョンで何があったか説明する。

アヤノさんは相づちや、時には的確な質問をしながら話を聞いてくれて、最後まで話が終わると熱いお茶を呑んで一言。

「なるほど……それは災難でしたね」

「まあそうねえ」

なにしろ目的のロック鳥はとっくに狩られた後だったのだ。

災難であることには間違いない。

「それで、代わりのダンジョンを教えて貰《もら》ったと?」

「うん。暑いのは苦手だから譲るって」

「貴族どころか、エルフですらごく一部しか存在を知らない、裏ダンジョンですか……」

「アヤノさんは聞いたことある?」

「一切ありません」

まあそうだよね。

逆にアヤノさんが知ってたら、そもそもの前提が違うってなるし。

「それで閣下はいつ、そちらに向かわれるのですか?」

「えっと、アヤノさんたちに問題なければ、すぐにでも行こうかと……」

「大丈夫ですよ。お気を付けて」

「……いいの?」

いくらぼくが名ばかりの辺境伯でも、そんなに出掛けてばっかりでいいのだろーか?

そんなぼくの考えが顔に出たようで、

「──気にしなくても大丈夫ですよ。閣下が旅に出るというのは、それなりに意義のある仕事ですからね」

「へ? どゆこと?」

思いも寄らないことを言われて首を捻《ひね》ると。

「いいですか。閣下は城にいる分には、まあ普通の辺境伯です」

「そうだねえ」

ぼくだって、まさか自分が優秀な辺境伯だとは微塵《みじん》も考えてない。

「なので閣下が城内にいても、せいぜい辺境伯一人分の労働力にしかならないわけです。そこまではいいですか？」

「うん」

「ですが、閣下が外に出ると話が変わります」

そりゃまあ外に出たらゼロだからね、と思っていると。

「――ざっと計算して並の辺境伯、軽く千人分から一万人分の働きですね」

「なんで⁉」

「士気高揚ですよ」

アヤノさん曰《いわ》く、辺境伯本人が前人未到のダンジョンを制覇することは、領民や兵士の士気高揚に大きな役割を果たすんだとか。

まあ言ってることは分かるけど……

「それでも千人から一万人分は大げさでは？」

「普通の冒険者が制覇しただけでは、それほどの効果はないでしょうが、なにしろ閣下は領都どころか大陸を越えて大人気の兄様王《ターレンキング》ですからね。みんな大喜びで話に飛びつくと思いますよ？」

「それって嬉《うれ》しいような、嬉しくないような……」

「それだけ領民はみんな閣下のことが大好きということです。諦めてください」

「まあそうかもだけどさ……」

「閣下が戦争でバカ強いだけでなく、今まで領民に寄り添った統治をしてきたからこそ、領民からここまで慕われているのです。素直に誇るべきかと」

「あはは……」

真正面からそう褒められれば、さすがに照れくさいわけで。

「てことは、今度のことも世間に伝わるのかな？」

「そうなりますね。――聖教国の霊峰、前人未到のダンジョンを初めてクリアした辺境伯。しかも山頂で、氷漬けになったエルフを救う――なかなかにドラマチックでしょう？」

「……ぼくはただロック鳥を狩りに行っただけなんだけどね……？」

「そういう俗物的な理由は大衆受けしませんので」

アヤノさんに真顔で却下された時にティンと来た。

「ねえアヤノさん」

「なんでしょう？」

「……もしかしてだけど、兄様王《ターレンキング》がどうこうってアホな作り話を世間に流してるのって、アヤノさんだとか……？」

　違うと言って欲しかった。

　けれどぼくの思いとは裏腹に、アヤノさんは無表情で首を縦に振り。

「捏造《ねつぞう》にならない程度に統治者を持ち上げることは、円滑な統治の基本ですので」

「持ち上げすぎだよ⁉　そのおかげでぼくの世間での評判が、なんかとんでもないことになってるんだからね⁉」

「いえ、むしろ閣下の場合は、成し遂げた功績が大きすぎてそのまま世間に情報を流すと逆に嘘くさくなってしまうので、上手《うま》く情報を流すのに苦労しているんですよ？」

「とてもそうは思えないんだけどねえ⁉」

　なにしろ世間では、ぼくは目からビームまで撃てるという噂すらあるらしい。

　それってもはや領民に親しまれてるとかのレベルを超えてると思うの。

「ですが閣下の場合は実績があまりにもアレ過ぎるので、嘘くさい逸話を挿入することで覇業のインパクトを緩和した方が結果的には上手くいくかと……」

「それっぽい理由を付けてもダメなものはダメです！」

というわけで、以後あんまりむちゃくちゃな噂《うわさ》は流さないよう約束して貰った。

アヤノさんは残念そうな顔してたけれど、ぼくが恥ずかしすぎるからね。

2

教えて貰った裏ダンジョンの入口は、なんとメイドの谷のすぐ近くだった。

カナデに聞くと、確かにそれっぽい場所があるとのこと。

というわけで、ぼくとユズリハさん、スズハやツバキの女騎士学園組に加えてカナデにうにゅ子という、白銀のダンジョンと同じメンツで出発することになった。

今度こそ、ユズリハさんのお祝いに相応《ふさわ》しい魔獣に出てきてほしいものである。


街道を抜け、深い森の中を進んでいると、スズハがこんなことを言ってきた。

「兄さん。今度の裏ダンジョンは、別名悪魔のダンジョンとも呼ばれているそうですよ。エルフさんがそう言ってました」

「そうなんだ？」

「はい。なので、事前に悪魔対策を練っておくべきかと」

悪魔対策ねえ。

悪魔って言っても、牛の形をした悪魔とか、豚の悪魔とか種類は様々だろう。

それによって、料理の手法なんかも変わってくると思うのだけれど。

「いやキミ、調理法とか味付けの話じゃないと思うぞ……？」

「違いましたか？」

なぜかユズリハさんに思考を読まれたので、素直に謝っておく。

「でもそうすると、どんな対策を？」

「……ううむ……ゴブリンやオークと違って悪魔なぞ滅多に出ないから、女騎士学園でも対策方法なぞ教えてないし……」

なるほど、ユズリハさんでも思いつかないと。そういうことなら。

「ツバキ、東の大陸に伝わる良いアイディアとかない？」

「ないこともないのだ」

「ほほう」

ということなので、お話を伺う。

「要は、悪魔が悪魔として問題となるのは、そいつが特殊な能力の持ち主の場合なのだ。

つまり牛や豚の悪魔がいても、そいつは強いだけで対処法は変わらないのだ」

「言われてみればそうだね」

「ぶっちゃけ、特殊な能力っていうのはサキュバスの場合なのだ」

「……なるほど？」

確かに、エロを前面に押し出して攻撃なんてサキュバスくらいしか聞いたことがない。

ほかの悪魔が物理とか魔法で攻撃してくるのに比べて、あまりにも特徴的だ。

「もちろんサキュバスだって、誘惑した敵が無防備になったところを狙って、魔法とかで攻撃するんだろうけど……」

「それにしたって、普通はどんな悪魔でも魔法が強力とか特定の攻撃方法が効かないとか、後は純粋に強かったり手数が多かったりするくらいなのだ。攻撃方法から違うヤツなんてそういないのだ」

「それもそうか」

東の異大陸の知恵に感心する。

「じゃあ取りあえず、サキュバス対策をするということで……ってどしたのツバキ？」

なぜかツバキの顔つきが渋い。

「いや……ここまで言っておいてアレだけど、今回に限っては別に対策とかは必要ないと思うのだ」

「なんで？」

ここまで悪魔対策イコールサキュバス対策、と教えてくれたのはツバキ本人なのに。

「だってよく考えてみるのだ。このメンバーでサキュバスがターゲットにするとしたら、間違いなくおぬしなのだ」

「男はぼく一人だから当然だね」

「しかしどんなサキュバスが出てきても、スズハやユズリハより美少女で乳がでかいとか、天地がひっくり返ってもあり得ないのだ……」

「…………」

言われてみれば確かに。

スズハはまだしも、ユズリハさんよりも美人でさらにスタイルが良いサキュバスとか、この世に存在するとは思えない。

ていうかユズリハさん、実はクイーンサキュバスの化身なんじゃなかろーか。

この意見はぼくだけでなく、みんなの心を打ったようで、

「確かにユズリハさんのエロサキュバスぶりは異常ですよね……狙った男を捕まえたなら絶対離さないぞという邪悪なオーラを感じます」

「スズハくん⁉」

「メイドとしても否定できない……」

「カナデまで⁉」

「うにゅー……」

「みんな酷《ひど》くないか⁉」

ユズリハさんが涙目で睨《にら》んでいる。

……サキュバスぶりに関しては、みんな他人のことをどうこう言えないと思うけどね。

それはまあともかく。

「じゃあ悪魔対策は、とりあえず無しってことで」

「それでいいと思うのだ」

「待ってください兄さん」

スズハから反論が出た。なんだろう。

ユズリハさんがいる以上、悪魔対策なんて必要ないって結論に至ったはずでは……？

ぼくのそんな疑問が顔に出ていたようで、スズハが首を横に振る。

「いえもちろん、サキュバス対策は必要ありませんが」

「じゃあなにが」

「サキュバスは女しかいませんが、対となるインキュバスという悪魔もいると聞きます。つまりサキュバスの男版みたいなものですね」

「そんなのいるんだ」

「はい。──なのでわたしは、インキュバス対策の必要性を提唱します」

「それってどうやるの？」

「もちろん兄さんがインキュバス役です」

「えー……」

ぼくなんかがインキュバス役で、まともな訓練ができると思えないんだけど。

「ねえユズリハさん、そんな訓練に意味があるとは」

「そ、それは一大事だな！　ぜひ綿密にして詳細な訓練を実行すべきだろう、今すぐ！　もちろんスズハくんの兄上をインキュバス役にして！」

「それは……メイドとしても、きょうみぶかい……！」

「うにゅー！」

おかしい。ぼくとツバキ以外、みんな賛成みたいだ。

「……えー……やるの……？」

「拙《せつ》はどっちでもいいけど、みんな期待の眼差《まなざ》しなのだ」

「仕方ないなあ」

とはいえ、インキュバスがどんな風に誘惑するかなんて知るはずもなし。

なので仕方なく、ぼくの想像するインキュバス像でやるしかない。

えーと、インキュバスって……下町にいるホストみたいな感じ？

そんな感じで、なぜか期待の眼差しのスズハに、手探りながら始めることに。

「スズハ」

とりあえず強めに肩を抱き寄せてみる。

「ひゃ、ひゃいっ⁉」

次は、えーと、お米を買うときよく見かけたホストさんは確か……

「スズハは、いつも元気で頑張ってるよね。陰から見守ってるよ」

「あっ、ありがとうごじゃいましゅっ‼」

「でもね、疲れたら休んでいいんだよ。ぼくの横、いつでも空けておくから」

「はいいっ‼」

「ところでスズハ、ぼくたち二人がもっと幸せになる素敵な油絵が――」

「かかかか買いますっ！　一生かかってもお支払いします！」

「……うん。ごめん失敗」

おかしい。ぼくの知ってるホストさんはここで必ずビンタされるんだけど。

「ごめんスズハ。ぼくにインキュバス役は無理みたい」

やっぱり人間向き不向きがあるよね、とあっさり諦めるぼくだった。

けれどなぜか、スズハはとても情熱を燃やしていて。

「そんなことありません！　諦めないでください兄さん！」

「えー……？」

「どうして止《や》めるんですかそこで、もう少し頑張ってください！　ダメダメです諦めたら、周りの人のことを、兄さんに抱かれたい人たちのことを想《おも》ってみてください！　あともうちょっとなんです！　必ず目標達成できます！　ネバーギブアップ！」

「……スズハ、いつからそんな熱い人に……？」

あとぼくはインキュバスを目標にした覚えは一度もないけど。

「えーとすみません、ユズリハさんからも一言スズハに……ユズリハさん？」

ふと気づくと、なぜかユズリハさんはスズハの後ろで正座していた。

しかもその後ろには、カナデとうにゅ子も正座している。

「ユズリハさん、何してるんですか？」

「見ての通り、順番待ちだ」

「……なんのです？」

「もちろん、インキュバスの誘惑に耐えるための特訓だが。ああ言っておくが、わたしは公爵令嬢として誘惑に耐える訓練を幼少時から行ってきたので、もっとこうガツンと来る誘惑をして貰《もら》って構わないぞ！　五秒に一回求婚するとか！」

「メイドもとくしゅなくんれんをしてるので、普通のゆうわくになびいたりなどしない。なので、こづくりする勢いで押し倒されるのきぼう」

「うにゅー！」

「……やりませんからね？」

「なぜだッッッ!?」

その後、なぜかユズリハさんたちに滅茶苦茶《めちゃくちゃ》ごねられたので。

ぼくはやむを得ず、ツバキ以外の全員になんちゃってインキュバス風の誘惑をして回るハメになったのだった。

ちなみにツバキは後ろで滅茶苦茶笑ってた。許しがたい。

野を越え山を越え、やって来ましたメイドの里。

前に来たときと変わらず、見た目はただの田舎の集落なのだけれど。

そこかしこに落とし穴があったり罠《わな》が張ってあったりして、意外と油断ならない。

そして。

3

今回も里に入ると、誰もいなかったはずの村の通りには、いつの間にか左右にメイドがずらりと並び、カーテシーをして出迎えてくれた。

『お帰りなさいませ、理事長先生、校長先生――！』

「うむ。出迎えごくろう」

「相変わらず圧巻だね……」

とくに事前連絡だってしてないはずなのに、百人を軽く超えるメイド服の少女が通りの左右にずらりと並び、一糸乱れぬ姿勢で出迎えるのは本当に凄《すご》い。

なかでも初めてメイドの里に来たツバキは、そりゃもう大変な驚きで。

「気配の欠片《かけら》も感じさせずに現れたのだ⁉」

「みんな優秀なメイドだからね」

「異議ありなのだ！　なんでメイドの身のこなしが暗殺者みたいなのだ⁉」

「そりゃメイドだからじゃない？」

ぼくも最初に来たときは驚いたものだ。

けれど考えてみれば、メイドも暗殺者も、物音を立てずに動作を正確に実行する点ではなんら変わらないわけで。

「メイドも暗殺者も、極めると動きが似てくるんよ。多分」

「いやその理屈はおかしいのだ……？」

ツバキは未《いま》だに首を捻《ひね》ってるけど、それはさておき。

統率の取れたメイドの動きに満足したらしいカナデが、ぼくの元に近寄ってきて。

「ご主人さま。せっかくだから、ここで情報収集してくといい」

「そうだね」

ぼくも貴族になって初めて知ったけど、メイドの一番得意な分野は情報収集である。

……いや、公爵令嬢のユズリハさんも驚いてたから、世間一般では違うかも知れない。

とはいえ少なくとも、このメイドの里のメイドさんたちはそうなのだ。あと戦闘技術。

「せっかくだから、裏ダンジョンのことを調べて貰おうかな」

「そうするといい。あと待ってるあいだ、メイドのくんれんを手伝ってほしい」

「そうなるよね……」

まあ予想はしてたし、異論もないわけで。

「じゃあそういうことで、情報収集よろしく」

「まーかせて」

カナデが力強く胸を叩《たた》くと、年齢不相応に発育しすぎた胸元がどたぷんっと揺れた。

＊

メイドの里に着いて一週間が経《た》った。

ぼくがメイド見習いの子の「ご主人様に上手にあーんして食べさせる訓練」の手伝いをしていると、スズハが勢いよく障子を開けてぼくを指さした。

「兄さん、勝負してください！」

「いいけどこれが終わったらね」

「はいっ！　──って兄さん、なにしてるんですか!?」

「この子が、まだ小さいご主人様に上手《うま》くごはんを食べさせる練習をしたいって言うから、それを手伝ってるんだけど」

「う、羨ましい……じゃなくて！　中庭で待ってますからね！」

「あいよー」

メイドの里に来てから、スズハは新しい動きを習得しようと頑張っている。

なんでも、メイドの動きを見たツバキが「猫みたいにしなやかな動きなのだ……」とか呟《つぶや》いたのがティンと来たらしい。

それからスズハは毎日、秘密の特訓とやらをしている。

まあ秘密と言っても、ぼくに内容を教えてくれないだけで存在そのものはバレバレだし、カナデやユズリハさんにアドバイスを貰ってるみたいなんだけど。

どうやらその成果を、勝負という形で見せてくれるようだ。

メイド見習いの子の訓練が終わると、ぼくはさっそく中庭へ。

……するとそこには、おかしな格好をしたスズハがいた。

いや服装そのものは、いつもの女騎士学園の制服なんだけど。

「……えっとスズハ、その頭に付けてるのはなに……？」

「これですか？　ネコミミというらしいです」

「なんでそんなもの付けてるの？」

「ネコのようにしなやかな動きを身につける際、ネコミミは必須なのだとカナデさんが」

「……そう……」

ちなみにそのカナデ、スズハの後ろで滅茶苦茶爆笑してるんだけど？

そしてその横には、もう一人の元凶であろうツバキが。

「ツバキ。ねえちょっと、こっちに」

「なんなのだ？」

ツバキが近づいてきたので、アレは一体どういうことかと小声で聞くと。

「べつに普通のことなのだ」

「……へ？」

「東の大陸では、動物の動きを真似《まね》した拳法というのはいくらでもあるのだ。例えば虎の動きを真似した黒虎拳《こっこけん》、カマキリの動きを真似した蟷螂拳《とうろうけん》……」

「なるほど。本当に普通にあるんだね」

「なのだ」

ぼくたちの話す向こうではスズハがネコみたいに何度も宙返りをしたり、ネコパンチを空中三段突きとかしてウォーミングアップしている。

「じゃあ、あの拳法は？」

「……ぬこぬこ神拳なのだ……」

「なにそれ⁉」

「いや待って欲しいのだ、拙《せつ》は悪くないのだ……最強の拳法は何かと聞かれたカナデが、メイド情報とやらで……ぐふふっ」

「ユズリハさんは止めなかったの⁉」

「ユズリハもつい三日前まで騙《だま》されてたのだ……でもついに嘘《うそ》がばれて、カナデが全力でお尻ぺんぺんされてたのだ……超面白かったのだ……」

「さあ兄さん、いつでもどうぞ！」

ネコミミ姿のスズハがキメ顔で煽《あお》ってくるのが、なんだか微妙な気分になる。

まあいいや。

わざと隙を見せると、スズハの目がきらんと光って――

「兄さん、隙ありですっ！」

ぺしっ。

ネコみたいに飛びかかってきたスズハが、空中であっさりたたき落とされた。

確かに動きは、少し良くなってるような気もするけど……？

「ま、まだまだですっ、兄さん！」

そこから先は、まあいつも通り。

途中からユズリハさんやツバキも乱入してきて、よくある訓練の一日となった。

——ちなみに、いろいろネタばらしされたスズハが思いのほかしょんぼりしてたので、ついフォローのつもりで。

「……スズハのネコミミ姿、けっこう似合ってたよ……？」

などと言ったら、それからたまにネコミミを付けて、ぼくに挑んでくるようになった。

なんとなく、ぼくの性癖が誤解されてる気がする。

＊

——そんなこんなで、メイドの谷に滞在することおよそ半月。

カナデが裏ダンジョンの情報を纏《まと》めて、ぼくのところに持ってきた。

とはいえ、大した情報は入手できなかったみたいだ。

「メイドとしてめんぼくない……しょぼん……」

「仕方ないよ。エルフの中でも一部にしか知られてなかったダンジョンらしいし」

「せっかく三つのくにの国王をこうたいさせたのに……」

「またなの⁉　またやっちゃったの⁉」

「だいじょうぶ。今度はクーデターじゃないから、国そのものはなくなってない」

「そういう問題じゃないからね⁉」

メイドさんという人種は、情報のためなら権力者とか簡単にすげ替えるのだろーか？

まあそれはともかく。

カナデが入手してきた情報は二つ。

一つには、メイドの谷の底はとにかく深くて暑いらしい。

そしてもう一つ。

メイドの谷の奥底には地底人がいるとの噂《うわさ》があるらしい。

「地底人……？　そんなの存在するの？」

「わかんない」

エルフもいる以上、地底人がいてもおかしくはない……のかな？

「まあ潜ってみれば分かるよ」

なんにせよ、せっかくエルフさんが教えてくれた裏ダンジョンに潜らない理由なんて、
今のところ見当たらないわけで。

ぼくらは予定通り、裏ダンジョンへと足を踏み入れることにしたのだった。

4

裏ダンジョンの入口は、メイドの谷を降りた先にあった。

谷間の細い道を進んでいった行き止まり、まるで火山の噴火口のようにマグマが溜《た》まるすぐ横に、鉄格子《てつごうし》で塞がれている洞穴があった。

カナデ曰《いわ》く、この先に何があるのかはずっと謎だったんだけれど、今回のことでここが裏ダンジョンの入口だと判明したとのこと。

「メイドのみんなも知らなかったんだ？」

「そう。一流のメイドたるものはいるべからず、という鉄のおきてがある」

「じゃあカナデとうにゅ子とは、ここでお別れかな？」

ここまで来て別れるのも残念だけど、メイドの掟《おきて》じゃしょうがない。

「うにゅー……」

うにゅ子も残念そうだけど、でもずっとメイドの修行頑張ってるもんね。

なんでうにゅ子が、エルフなのにメイドの修行してるのかはよく知らないけど。

するとカナデがキッパリと。

「ざんねんだけど、カナデはメイドの里でまってる」

「うん」

「でもうにゅ子は半人前なので問題ない」

「うにゅー!?」

「メイドのみちは一日にしてならずぢゃ」

うにゅ子はショックを受けてるみたいだけど、まあカナデの言ってることも正論だし。それにこのダンジョン、どうやらエルフに所縁《ゆかり》があるみたいだから、できればうにゅ子も行きたいんじゃないかなと。

「どうする、うにゅ子は行く？　待ってる？」

「うにゅ……」

しばらく悩んだ後、ぼくの肩に飛び乗るうにゅ子。一緒に行くらしい。

「じゃあ鉄格子を開けて中に入ろうか。カナデ、鍵持ってる？」

「調べてみたけど、五百年前にはもう鉄格子があった。でも鍵はない」

「無理矢理開けちゃってもいい？」

「だめなわけない。メイドの谷で一番えらいのは、メイドの谷りじちょうのご主人さま。だから、ご主人さまの好きにしていい」

「そっか」

お許しは出たということで。

さてどうしよう……と考えていると、スズハが不思議そうに聞いてきた。

「いったい何を悩んでるのですか、兄さん？」

「いや、この鉄格子どうしようかと思って」

「鉄格子くらい、兄さんならば簡単にねじ曲げられるのでは……？　いえ、わたしだって
もちろん楽勝ですが」

「そりゃそうかもだけどさ」

一旦ねじ曲げた鉄の棒って、いい感じに真《ま》っ直《す》ぐ戻すのが難しいんだよねえ。

というわけで思考の結果。

「危ないから、ちょっと後ろにどいて」

「はい……？」

スズハたちが後ろに下がったのを確認して、鉄格子の上下を手刀でスッパリ。

こうすれば真っ直ぐなままの鉄棒が切り出されるから、再利用しやすいだろう。

「じゃあ行こうか、みんな」

「えっ……？　この鉄棒の断面、滅茶苦茶《めちゃくちゃ》キレイなのだ……！」

「そりゃ兄さんですから」

「いやいやいや⁉　手刀スパーでできていい断面じゃないのだ！」

「まあスズハくんの兄上だからな」

「ええぇ……これって拙がおかしいのだ……？」

鉄の棒を眺めながらツバキが悩んでいたけど、それはさておき。

ぼくらはカナデに見送られ、ダンジョンの内部へと入っていくのだった。

＊

裏ダンジョンの中には、思った以上に魔獣が多く棲息《せいそく》していた。

もちろん食べられないモンスターや、あとはゾンビ化している魔獣も多かったけれど、それでもぼくらの胃袋を満たすには十分で。

ただし問題は、毒持ちの魔獣が多かったこと。

「うーん……」

今ぼくの目の前にあるのは、大量のポイズンタートル。つまり毒亀である。

ポイズンタートルの毒は、強いお酒に漬けることで分解する。

ということで、メイドの里で入手したお酒を使って、大量に狩ったポイズンタートルを処理してみた。

そして味見。

「……ちょっとお酒が強いけど、まあ大丈夫かな？」

滅多に食べられない最上級のお肉であることには間違いないのだ。

ちょっとだけ迷ったものの、その日の夕食は亀肉料理のフルコースになった。

スズハたちはもちろん、公爵令嬢のユズリハさんも美味《うま》い美味いと連呼した挙げ句に、ストックしておきたいなーと思っていた部分まで食べ尽くしてしまった。

まあ、そうなる気はしてたから問題はないんだけどね。

そして問題は、その日の夜に起こった。


ぼくたちが寝ている深夜、ふと背中に気配を感じた。

魔獣が出たかと慌てて飛び起きると、そこにいるのは魔獣なんかではなく。

下着一枚に身を包んだ、ユズリハさんだった。

「ど、どうしたんですか？」

「すまない、なんだか暑くて眠れなくてな」

ユズリハさんは申し訳なさそうに笑って、

「せっかくだから、キミの寝顔でも見ていようかと思ったんだが起こしてしまったようだ。少しばかり話をしてもいいだろうか？」

「もちろんですよ」

下着姿なのは気になるけれど、そんなことを言い出せる雰囲気でもなく。

ぼくたちは、ダンジョン内の野営では基本的に夜の見張りを立てない。

全方向から敵が来る外での野営と違って、ダンジョン内は一方向からの敵を意識すれば十分だからだ。それくらいなら寝ながらでも問題なく対処可能である。

というわけで、ぼくたち以外に起きているメンバーは誰もいなかった。

「……キミにはな、とても感謝しているんだ」

ポツリとユズリハさんが口にしたのは、感謝の言葉だった。

「いえ、感謝されることは何も。今回もユズリハさんのお祝いをしたいってだけですし」

「そのために自ら食材を獲《と》りに行こうとまでしてくれる貴族当主など一人もいないぞ？しかも一回だけじゃない、白銀のダンジョンにこの裏ダンジョンを含めたら三回だ」

「前の二回は失敗しましたからね……」

最初の温泉のダンジョンは、どうにも魔獣の味が納得いかず。

次の白銀のダンジョンは、お目当てのロック鳥が狩られた後で。

なのでどちらも褒められた話ではないのだけれど。

「ユズリハさんに喜んで貰《もら》おうと思っても、なかなか上手《うま》くいかず困ったもんです」

「そんなことはない。なにしろキミほど、わたしを心から嬉《うれ》しくさせてくれる存在なんてどこにもいないんだから。しかし――」

「しかし？」

「わたしの相棒は、こう言ってはなんだが酷《ひど》く不器用だな。わたしを喜ばせる方法など、もっと簡単なものがいくらでもあるのに」

「それって何ですか？」

深い意味も考えずに聞いた。

するとユズリハさんが、イタズラ猫のようなニンマリした笑みを浮かべて。

ぼくの後ろに回ると、背中から思いっきり抱きしめてきたのだ――！

「いいかキミ。――わたしがこの世で一番好きなものは、心の底から相棒と認める男の、頼りがいのあるゴツゴツした背中だ」

「ちょ、ちょっとユズリハさん⁉」

「もちろんキミの手料理は大好きだし、しかも食材がキミと一緒に狩った魔獣となれば、その味は天井知らずだ。だがそんなものがなくとも、キミの背中を抱きしめさえすれば、わたしは天にも昇る心地になるのだからな――」

「ユズリハさん、当たってます！　背中に滅茶苦茶押し潰されたおっぱいの二つの突起が思いっきり当たってますから！」

「当たってるんじゃない。当ててるんだ」

「ユズリハさん実は酔ってるでしょ⁉」

間違いなくポイズンタートルの食べ過ぎだ。

正確には、その肉を毒抜きするときに使ったお酒の摂《と》り過ぎということか。

ユズリハさん以外が問題ないところを見ると、単純な食べ過ぎかそれとも体質の問題か、いずれにせよ不幸な事故というところだろう。

ぼくの首筋に吹きかけられる吐息も、少しばかりお酒臭い。

「ユズリハさん。騒ぐとみんな起きちゃいますから落ち着いて、ねっ」

「いいじゃないか起きても」

「こんなとこ見られたら、ユズリハさんが色仕掛《いろじか》けしてるって誤解されますから！」

「いーじゃないか色仕掛け。キミをわたしのおっぱいで落としたなら、わたしは嬉しいし公爵家も安泰、トーコが泣く以外はみんなハッピー……すぅ……」

ぼくの背中をぎゅっと抱きしめながら言いたいことを言ったまま、ユズリハさんは深い眠りについてしまった。

ホッとしたぼくは、そのままユズリハさんを引き剝がそうと——

「……あれ？　離れない」

ユズリハさんに抱きしめられたまま、どうやっても上手く引き剝がせなかったぼくは。

「せっかく寝たのに、もう一度起こすのもなあ……」

いろいろ考えた結果、そのまま朝まで過ごすことにしたのだった。

ちなみに背中にユズリハさんの密着した幸せな感触が押しつけられっぱなしだったので、その夜はまともに眠れなかった。

　そして翌朝。

「——ん？　どうしてわたしはスズハくんの兄上を抱き枕にしてるんだ——？」

目を覚ましたユズリハさんは何も憶《おぼ》えていなかったので、全力で誤魔化しておいた。

5

ダンジョンを降りていくと、それまでとは違う階層に出た。

その階層は、まず他の階と違って迷路状になっておらず、フロアがまるごと一つの村になっている構造で、天井までの高さも数十メートルほどもあった。

次にその階層には、魔獣の姿がまるで見えない。

そして最後に、その村には小さな集落があって、石造りの建物が並んでいて煙突からは煙も立ち上っていた。

「そういえばカナデは、地底人がいるって噂《うわさ》があるとか言ってたけど……」

「本当に地底人なんているんでしょうか、兄さん？」

「どうだろうね」

行ってみれば分かるの精神で集落を訪ねると、地底人疑惑はすぐに解決した。

なぜならば。

建物から出てきたのは、人間よりも背が低く、豊かな口髭《くちひげ》を蓄えて屈強な体軀《たいく》。

「ドワーフさん……ですか？」

「そうだ」

マジですか。

ドワーフと言えば、エルフと並んで神話だの伝説だのにしか登場しない種族で。

まさかこの目で、お目にかかれる日が来るとは。

そしてドワーフさんは、ぼくらをジロリと見渡した後。

「エルフが訪ねてくるのは珍しいな……前に来てから、もう千年以上にはなるか。しかしエルフにも男がいたのか……？」

「いえ、ぼくたちは人間ですが」

正確にはうにゅ子はエルフだけど、それ以外は人間なので否定する。

けれどドワーフさんは「はっ」と鼻で笑い、

「バカを言うな。こんなに美人で乳のでかいやつらが人間のハズがない」

「…………」

そう言えばこれ、エルフの長老にも言われたんだよねえ。

否定するのも面倒なので、取りあえず流しておこう。

「そうだ。お近づきの印に、こちらをどうぞ」

上の階で獲れたポイズンタートルの肉をプレゼントする。

取りあえず酒で毒抜きの処理をしたんだけど、先日のユズリハさんの痴態のこともあり、どうしようかと悩んでいたシロモノだ。

ドワーフさんは受け取ると、肉に染《し》み込んだ酒の匂いを嗅いで嬉しそうにしていた。

ドワーフは酒が大好物という噂は本当のようだ。

「よし！　エルフの客人が久々にやって来たんだ、今日は宴会だ！」

「いやだからエルフじゃ……まあいいですけど」

ドワーフは宴会が大好きというのも、神話や伝説と同じらしい。

というわけでその夜は、ドワーフの集落を上げての宴会となった。

＊

この集落には百人近いドワーフが住んでいるみたいなんだけど、男のドワーフは全員が髭《ひげ》もじゃなのでぼくには誰が誰だか区別がつかない。

一方、ドワーフの女性は男性に比べて人数は少ないけれど存在する。

彼女たちは当然ドワーフの象徴たる髭はなく、代わりにみんなとんでもなく美人さんでスタイルも抜群。胸元だって、スズハやユズリハさんに匹敵するほど大きい。

それでいて背が低く華奢《きゃしゃ》で褐色肌なので、なんというか、黒髪のカナデみたいな感じ。もしくはトーコさんの幼少期、みたいな？

そして今、ぼくの横で酒を飲んでいるドワーフの少女。

驚くことに、この子がこのドワーフ集落の頂点である長老なのだとか。

「呑《の》んでる？　ねえエルフ呑んでる？　あはははー！」

「呑んでますよ」

　酔っ払い特有のウザ絡《がら》みで、ぼくの背中をバシバシ叩《たた》いてくる長老。

ていうかこの人、呑む前からこんな調子だったような……？

ちなみにこの大陸、飲酒年齢は国によってバラバラなのだけれど、この裏ダンジョンがある地域はどこの国家にも属していないド辺境なので法律には引っかからない……はず。

とは言っても、ぼくの国の法律でも怪しそうなのはツバキくらいだけど。

「ツバキは年齢的に呑んでも大丈夫なの？」

「問題ないのだ。東の大陸では、祝い事では子供でも酒を呑むのだ」

「そうなんだ」

「それよりもうにゅ子は大丈夫なのだ？」

「ああ……」

うにゅ子はほら……そうは見えないけど、実年齢はぶっちぎりでトップだから。

ドワーフさんたちもそこら辺は分かってるようで、うにゅ子にもガンガン呑ませている。

酔っ払ったうにゅ子が、なんだかヘンテコな舞を踊ってドワーフさんたちが沸いていた。

酒癖的にはいいのか悪いのか。

酒癖と言えば、問題なのは澄ました顔で呑み続けているユズリハさんだ。

つい先日分かったことだが、ユズリハさんの酒癖はとても悪い。

具体的には、下着姿で発育しすぎた爆乳の尖端《せんたん》をぐいぐい押しつけてくるくらい悪い。

ぼくはともかく、ドワーフ相手にやって種族間問題に発展しても困る。

そう考えれば、ユズリハさんは動けないよう簀巻《すま》きにして転がしておくべきか……？

真剣にユズリハさん対策を考えるぼくに、ツバキが耳打ちする。

「おぬし、スズハが酔い潰れたのだ」

「放っておいていいよ。スズハはすぐ眠くなるタイプだから」

「それはいいが、ドワーフが何人かスズハをお持ち帰りしようとしてるのだ」

「あー、それは拙《まず》いかも……ちょっと忠告してきてくれる？」

「なんて忠告するのだ？」

「命が惜しかったら、酔ったスズハに手を出さない方がいいですよって」

「承知したのだ」

——スズハは酔っ払うと、およそ手加減というものができなくなる。

そして見た目はコムスメでも、スズハは女騎士学園の生徒なわけで。

なので酔ったスズハにヘタに手を出そうとすると、手加減抜きの無慈悲な鉄槌《てっつい》が相手にお見舞いされることになる。

もちろん相手が鍛えられた軍人とかなら問題ない。

けれど、例えば一般人が酔ったスズハのビンタを食らったら千切れた頭部が勢いで空中五回転くらいしちゃうだろうし、思い切り突き飛ばされたら胴体には向こうまで見通せる大穴があくだろう。

それに手加減抜きで抱きしめられれば、その相手は元がなんだったのかも分からない、お肉の塊になってしまう。

女騎士というのは、たとえ見習いでもそれくらいには強いのだ。

「まあドワーフさんならみんな強そうだし、大丈夫だとは思うけどね……」

それでも念には念を入れるべきと判断。

宴会が終わって朝になってみたら、ドワーフが三人ほど惨殺《ざんさつ》死体になっていましたじゃシャレにもならない。

というわけで、ツバキにお願いして忠告して貰《もら》うことにした。

ちなみに翌日。

なんだか勘違いしたらしいスズハに「兄さん、わたしのことをそこまで大事に……！」とか言いながら盛大に感動された。

それでどういうことかと考えて、聞きようによっては「もしもスズハに手を出したら、ぼくが黙っちゃいない」と解釈できると後から気づいたのだった。

ぼくはただ、ドワーフさんたちを心配しただけなんだけどなあ。

6

宴会の翌日、空になった酒樽《さかだる》の数を見てちょっと唖然《あぜん》とした。

なぜドワーフよりも大きい樽が、ドワーフの人数よりも多く空になっているのか？

伝説や神話に登場するドワーフの酒飲み伝説は嘘《うそ》じゃなかったと実感する。

「たいしたものですね……」

「そう？　まあそれほどでもないけどねー」

いつの間にか横にいた長老が、自慢げに豊満な胸を張った。

なぜいつの世も、酒飲みは自分の酒量を自慢げに語るのか。謎だ。

まあドワーフにとってはステータス、とか言われたらそうなんだろうけど。

「……それに昔と比べて、酒もずいぶん薄くなったしね」

「へっ？」

「酒を醸《かも》す力が、昔と比べて随分弱くなっちゃったんだよ」

「そうなんですか……」

「いろいろと試してみたんだけど全然成果は出なくてさ。ドワーフの本業は鍛冶だから、どうすれば良い酒になるか、結局のところよく分からないんだよ」

昨夜聞いたところによると、ドワーフの集落がこんなダンジョンの奥深くにある理由も鍛冶のためらしい。

このダンジョン、なんとオリハルコンの鉱脈があるんだと。

だからといってダンジョン内で採掘どころか住み着いて鍛冶まで全部やってしまうのは、さすがはドワーフというべきか。

「良い酒にする方法ですか……」

「うん。ウチの年寄り連中は、昔と比べて酒精も弱くて味も薄まったーって嘆いてるよ。実際ボクもそう思うし」

どうでもいいけど、このドワーフの長老ってばボクっ娘《こ》なんだよね。

ますますトーコさんの幼少期説が高まる。

とはいえこの長老、ドワーフの中で鍛冶の腕が一番良いから若くして長老になったとか。

トーコさんに鍛冶はできないからね。

「でもどうすれば良い酒になるのか、見当もつかなくて」

「たしかに」

「いっそのこと、酒に治癒魔法でも掛けてやろうかとも思ったけどねー」

……ああ、なるほど。

考え方としては、酒になる部分のナニカが元気がないから醸される酒も弱いってことか。

だから治癒魔法で、そのナニカが元気になれば酒も強くなると。

考え方としてはアリじゃなかろーか？

「じゃあそれ、試しにやってみます？」

「……なんぞ？」

不思議そうな顔の長老に、ぼくの考えを説明する。

ついでにぼくが、限定的ながら治癒魔法を掛けられることも。

「まあ細かい制御ができないんで、人間相手だとほぼ役立たずなんですけどね」

「それでも魔力の多さには自信がある、か……」

「ですね」

「なるほどね、じゃあ試しに一度やってみようか。ダメでもともとだし」

そして連れて行かれたのは、とてつもなく巨大な酒の貯蔵庫。

壁面いっぱいに酒樽が並ぶのはまだしも、それがどこまであるのか目視できないほどに続いているのは、壮観を通り越してなんかこうアレ。

なんというか、ダメ人間の約束の地みたいな感がある。

「この端にある樽でやってみて」

「了解です」

なにしろ一つ一つが、人間の身体《からだ》より大きい酒樽である。

この大きさなら魔力のコントロールなど不要だろう。

ということで、思いっきり治癒魔法をぶちかましてみる。

「――っ――！」

実を言うと、ぼくが飲食物に治癒魔法を掛けるのは二度目だ。

過去にも一度、食べ物に治癒魔法を掛けてみたことがある。もっともその時は大失敗に終わったのだけれど。

その時の食材は、ゾンビ化が進んで食べられなくなったコカトリス。

ゾンビ化したのが戻らないかなと治癒魔法を掛けたら逆で、一気に腐敗が進んでしまい大変なことになったんだよね。もちろん食べられなかった。

でも今回は、なんかイイ感じになりそうな……？

「おおおっ⁉」

酒樽に入った酒から、沸騰したみたいに泡がボコボコと出る。

それと同時に、ツンと強い酒精の匂いが漂ってきて。

「――うおおおおっ⁉」

長老が辛抱たまらんとばかりに、樽の中に頭から突っ込んで――

「ううう、美味《うま》いっ！　美味いぞォォォォォ――‼」

酒樽の中心で美味いを叫ぶドワーフ少女が、爆誕した瞬間だった。

＊

……もうね、それから凄《すご》く大変だった。

なにしろ毎日、朝から晩まで治癒魔法を掛け続けたのだ。樽に。

それもドワーフのみんなが全員ニッコニコなもんだから、止《や》めていいですかとも言えず。

夜になって魔力が尽きてぶっ倒れ、朝になるとまた酒樽が待っている生活が何日も続いた。ていうか夢にまで出てきてうなされた。

そして数日後。

最後の樽に治癒魔法を掛けた直後に気を失って、そのまま爆睡すること一日半。

目を覚ますと、枕元に神妙な顔をした長老が立っていた。

「ありがとう、エルフの勇者」

「……はい？」

まさかそのエルフの勇者とやらが、ぼくのこととは思わないわけで。

そういえばドワーフのみんなが、ぼくらをエルフだと勘違いしたままだと気づいたのはしばらく経《た》ってからのことだった。あと勇者ってなにさ。

そして気づいた頃には、長老のドワーフ語りが始まっていた。

「ボクたちが地獄の門を護《まも》る剣の打ち手として、このダンジョンにやって来たのは——」

「はあ」

邪魔をするのも申し訳ないので、適当な相づちを打ちながらお話を伺う。

するとは意外なことに衝撃の事実が。

——なんと、このダンジョンの最奥部《さいおう》には、地獄へと繋《つな》がる門があるのだという。

その地獄とは死後の世界というより、強力な悪魔がひしめいている魔境のことらしい。

言うなれば魔界だろうか。

その地獄の門は放っておくとやがて解き放たれて、世界に悪魔が溢《あふ》れてしまう。

そのため、ハイエルフとドワーフが協力して、千年に一度、地獄の門を閉じ直すことになっているのだとか。しかし。

およそ二千年ほど前、一人のハイエルフが門を閉じに行き——帰ってこなかった。

何があったか、正確なところは分からない。

けれど、ドワーフの伝承として、こう言い伝えられている。

そのハイエルフは、恐るべき吸血鬼の亡霊と戦い、敗れ——乗っ取られたのだと。

「…………」

「……うにゅー……」

うにゅ子はぼくの横で、腹を出したまま幸せそうに眠っていた。

けれど、今の話が本当ならば。

うにゅ子が吸血鬼になっていた理由が、まさにそれなんじゃないかな……？

「ボクたちはもう諦めてたんだよ。いつの日か、この大陸は悪魔で溢れて、それを止める術《すべ》なんてどこにもないって。でも今ここに、新たなエルフの勇者が——！」

長老の演説は続く。

つまり、うにゅ子が闇落ちして新たなエルフが来なくなってからおよそ二千年が経過、その上ドワーフの大好きなお酒も最近では出涸《でが》らしみたいに薄まって、どうにもならない袋小路《ふくろこうじ》状態だったと。

そこに現れたのが、ぼくらことユズリハ魔獣食材調査団。

最初は普通のエルフだと思って歓待していたが、ぼくが治癒魔法で酒精を活性化させた段階でティンと来て、それから数日間ぶっ続けで酒樽の山に治癒魔法を掛け通したことで、ドワーフのみんなはこう確信したという。

この魔力の多さ、ひょっとして伝説のハイエルフじゃね……？　と。

もちろんそれは完全に間違いだけれど、久々の濃ゆいお酒を浴びるように呑《の》みまくったドワーフさんたちの勢いは留《とど》まるところを知らず。

最終的にぼくたちを、世界を救うエルフの勇者として大認定してしまったらしい。

「……えーと……」

話を聞き終えたぼくは、きっと凄く複雑な顔をしていたと思う。

なんというか、もうね。

訂正したい。今すぐに訂正したい。

でも訂正したいんだけど、もの凄く訂正しづらいんだよ。

なにしろ基本的な部分は全部間違ってるのに、細かいところはちょいちょい合ってる。

例えば、うにゅ子はエルフの勇者だと言えなくもない。

ただし本人も周りの人間も、誰一人として知らなかったという点を除けばだけど。

そもそもぼくたちは、ハイエルフしか知らない美味《おい》しい魔物の出る裏ダンジョンとして、このダンジョンを紹介されたわけだ。

まさかうにゅ子の妹が、ぼくたちを騙《だま》したとも思えない。

……するとアレか。

ドワーフに残っている地獄の門の伝承は、エルフの間ではとっくに失われていて。

そこにたまたま来たぼくが、世界を救うエルフの勇者に認定された……ってコト⁉

なし崩し的にエルフの勇者に認定されてしまったぼくは、その証《あかし》として一振りの剣を受け取ることになった。

7

それはまあ、百歩譲っていいとしよう。しかし。

「……これが、今のドワーフ族が譲り渡せる最高の剣だよ……」

そう言って剣を差し出す長老は、なんだか表情が陰っている気がして。

しかもその剣、ぼくみたいな素人《しろうと》ですら一目で分かるくらいの最高級品。

実用的な剣でもありまた宝剣でもある、みたいな作りで、例えば柄《つか》の部分には超巨大なエメラルドが埋め込まれていたりする。間違いなく最上位の魔法石だ。

そのほかにも鞘《さや》に美麗な細工が施されていながら、刃《やいば》の部分は研ぎ澄まされていたり。

その刃面に浮かぶ何層もの模様を見ても、それが実用面においても高度な技術と手間隙《てまひま》をかけて作られた逸品だと容易に分かる。

ていうかぶっちゃけ、サクラギ公爵から「友好の証《あかし》に当家の家宝をやろう」とか言って渡されそうになった剣よりも明らかに高そう。

……たしかあの時は、売り払えば小国が丸ごと買えるほどの価値があるとか言われて、大慌てで謝絶したんだよね……


「長老さん」

「ん、なに？」

ぼくは剣マニアでもなければ、ましてやエルフでも勇者でもない。

つまり、こんな超一流の剣なんて使いこなせないし、そもそも欲しくない。

それに長老の表情からして、この剣をぼくに譲り渡すことに納得いってないようだ。

ならばぼくのやることは一つ。

きっぱり事実を指摘して、この宝剣プレゼントイベントを回避すること――！

「長老さんは、この剣をぼくに渡したくないと思ってますよね」

「っ⁉　……そ、そんなことは……！」

「無理しなくてもいいですよ。顔にバッチリ出てますから」

「うぅ……」

「それに正直言って、ぼくもこんな剣を渡されても困りますしね」

まさか売り払うわけにもいかないし。

そんな思いで言葉を紡《つむ》ぐと、長老はなぜか「くっ……！」と観念したような声を出し。

そして。

いったい何を勘違いしたのか、長老がヘンなことを言い出した。

「……さすがエルフの勇者、まさか気づかれていたとは……！」

「へ？」

「ここにある剣は、我らドワーフの創りし最高傑作……でもエルフの勇者が見抜いた通り、ドワーフ族の究極の頂点、至宝と呼ぶに相応《ふさわ》しい未完成の剣があるッ……！」

「ファッ⁉」

なにそれぼくそんなの知らない。

「先代のドワーフ長老……比類なき天才と呼ばれ続けた孤高の刀匠が、自らの死の間際《まぎわ》、文字通り命を燃やし尽くして作刀した最高傑作……ドワーフすら絶対に不可能と言われた純度百パーセントのオリハルコンの剣、空前絶後の究極大業物《おおわざもの》……‼」

「そ、そんな凄い剣なんですか……」

「うん……ちなみにその伝説の刀匠だけど、工房で倒れているのを発見された時には既に息絶えてたんだ……そしてその手元には、完成まであと一歩という剣が残されてたんだよ……つまり、ドワーフ一の大天才が、命と引き換えにして作刀した未完成品ッ……‼」

なんか凄いヤツが出てきた。

少なくとも、ぼくなんかが触れて良い物じゃないような気がする。

ぼくはただ、宝剣を受け取りたくなかっただけなのに……

そしてそれとは別に、引っかかったことが一つ。

「──えっと。でもオリハルコンの剣って、そんなに珍しいんですか？」

「どういうこと……？」

「ぼく、オリハルコンの剣を打ったことがあるので」

「はぁ……!?」

そう。あれは、うにゅ子の中の彷徨える白髪吸血鬼《ホワイトヘアード・ヴァンパイア》を倒したとき。

エルフの長老による指導の下、ぼくはオリハルコンの剣を打ったのだった。

そんな話をしたところ、なぜかドワーフの長老がぶるぶると肩をふるわせて。

「ど、どうしたんですか？」

「キタ──────────────ッッッッッ‼」

そう絶叫して、長老は拳を振り上げたのだった。

……なんでもドワーフにとって最大のネックだった部分は「純粋なオリハルコンの剣を打つためには、途轍《とてつ》もない高純度の魔力が必要となる」ということで。

その点がどうしてもクリアできず、ドワーフ一の大天才ですら純オリハルコン剣の夢は果たすことができなかったのだとか。

ぼくがそのことを聞いたのは、浮かれまくった長老がようやく落ち着いてからのこと。

＊

さて。

その後は当然のように、未完成の剣をぼくの魔力で鍛造することになった。

正直、最初はエルフの里の時と同じだと思っていた。

けれどぼくは、一つの事実を見逃していた。

そう——ドワーフは完全に鍛冶ガチ勢ということを。

というわけで。

ぼくの二度目の作刀体験は、前回とは似て非なるものだった——

「これは一体どういうことですか、兄さんっ⁉」

ドワーフの里の鍛冶場に、スズハの声がこだまする。

「いやどういうことって、鍛冶だよ？」

「なんでおっぱい丸出しのドワーフが、兄さんの背中に引っ付いてるんですか！」

……まあそう言われても仕方ない見た目ではある。

なにしろ長老ってば、ずっとぼくの背後から全身を押しつけている状態なのだから。

そしてぼくの背中に残ったものは、若いドワーフのスイカ大の膨らみがむぎゅむぎゅと押しつけられた感触と、その中心にある二つの硬い突起の感触で……

「ふう。やれやれだね」

長老が一旦ぼくの背中から離れるとスズハに向かって、

「おっぱい丸出しなんてとんでもない。見てよ、肌色のタンクトップ着てるでしょ？」

「完全に下着姿なのが問題なんですっ！」

「仕方ないじゃん。鍛冶場って暑いんだから」

そう、火事場って凄《すご》く暑いのだ。火を扱ってるので当然だけど。

「それ以前に、なんで兄さんにぴとっと張り付く必要があるんですか！」

「そりゃ、鍛冶の素人を手取り足取り指導してるんだから当然だし」

そう。前回のエルフの里では、こう言ったらなんだけど放任主義だった。

けれどドワーフは鍛冶ガチ勢。

ぼくの慣れない手つきを見て「ああ違う！」「もっと……こう！」「考えちゃダメだよ、感じるんだよ！」「もっと熱くなれよぉぉぉ‼」などと熱血指導をされまくった末に。

最終的には今のような、二人羽織《ににんばおり》スタイルに落ち着いたのだった。

ちなみに二人羽織の発祥は東の異大陸で、ツバキによると宴会芸の一種だとか。

「あと言っとくけど、ボクはドワーフの里で一番胸が大きいから」

「その情報って必要ですか⁉」

「だからボクが胸元を滅茶苦茶《めちゃくちゃ》押しつけてるように見えても、それはよりよい鍛冶のため仕方ないことなんだよ」

「ううう……ハレンチですっ……」

ハンカチを噛《か》みしめそうな勢いで悔しがるスズハ。

するとその肩をポンと叩《たた》く救世主が現れた。

「まあそうムキになるな、スズハくん」

「ユズリハさん……！」

「そりゃあわたしだって、最初にあの姿を見たときには大いに怒りを覚えたものさ。だが女騎士たるもの、もっと広い目で、全体的な視野で物事を捉えなければ」

「というと……？」

「まだ分からないのか？」

そしてユズリハさんは、目映《まばゆ》いばかりの笑顔をスズハに向けて。

「あの二人羽織──わたしたちの訓練にも大いに使えると思わないか？」

「なっ⁉」

「わたしもスズハくんと同じだ、今は悔しくて仕方がないさ。しかしそれだって、所詮はこのドワーフの里にいる間だけの話。翻《ひるがえ》ってわたしたちには一生涯の時間があるわけだ。ならば二人羽織のアイディア料として、今だけは我慢するのもいいだろう」

「なるほど！　わたしが浅はかでした……！」

よく分からないけどスズハが落ち着いたみたいでよかった。

……しかし、二人羽織なんてどうやって訓練に使うのだろーか？

また一つ、女騎士の謎ができるぼくだった。

「まあでも、今のうちに作業を進め──って長老？」

スズハとユズリハさんのやり取りを見ていた長老が、ぼくを見てニヤリと笑った。

激しくイヤな予感がする。

なにしろその顔ときたら、トーコさんがロクでもないイタズラを思いついたときの表情そっくりだったから。

「な、なんですか……？」

「いやなんでも。一ついいことを教えてあげよう」

「なんでしょう？」

すると長老は、なぜかぼくをギュッと抱きしめて、スズハたちに挑発的な目線を送って一言。

「――ドワーフは、エルフとも人間とも子作りできるんだよ」

その言葉の意味をぼくが理解する前に、

「「なんだとうっ!?」」

なぜか目を三角にして突撃してきたスズハとユズリハさんが大暴れをして、そりゃもう大変な目に遭ったのだった。ぼくが。

＊

なぜか身内のスズハやユズリハさんに妨害されるというアクシデントが発生しつつも、

一心不乱に刀へ魔力を流しまくること十日ほど。

ドワーフ族最高の未完成品と呼ばれていた剣が、ついに完成した。

この剣をほとんど作り終えて亡くなった前のドワーフ長老は、現長老の父親でありまた鍛冶の師匠でもあったのだという。

剣を手にした長老は、さすがに感極まっている様子だった。

「この剣に、師匠は――父様は殺されたようなものなんだよ」

「そうなんだ」

「過ぎた才能は身を滅ぼす、とはよく言ったものだよ。父様がドワーフ族始まって以来の大天才でも、いやだからこそ、父様は余人が絶対に作れない究極の剣を作ろうとした結果自分の全てを差し出した……命までもね」

「……」

「でもきっと、父様は分かってたんだと思う」

「なにを?」

「純粋にオリハルコンだけでできた剣なんて馬鹿げたシロモノ、どれだけ自分が天才でも絶対に一人じゃ作れないんだって。鍛冶で必要になる繊細な魔力調整と、オリハルコンを精錬するための馬鹿げてると思えるほどに強大な魔力は、どうしたって両立しないから」

「なるほど……」

「父様はきっと、ずっと貴方《あなた》のようなエルフが現れることを待っていたんだと思うんだ。だから——ありがとう」

「うん……」

さすがにここで、ぼくはエルフじゃないなんて蒸し返す度胸はない。

神妙な顔で頷《うなず》くと、長老がパッと顔を上げてぼくを見た。

そしてぼくに剣を差し出すと、とんでもないことを言ったのだ。

「このドワーフの至宝、エルフの勇者に託す」

「えええええええええええっ⁉」

冗談でしょ、と叫ぶ声が喉元まで出かかって止まった。

それほどに長老の目は大マジだった。

「べつに、役割を終えたら返せとか言わないから。もうその剣はキミのモノなんだから、売りたければ好きに売ってもいいしね。——でもその代わり、一つだけ約束して？」

「は、はひ」

「ドワーフの運命——ううん、この大陸中みんなの運命、託したから」

長老の表情はこれ以上なく大真面目で、

「だから、これからダンジョンの最下層まで行って、地獄の門の扉をキッチリ閉めてきて欲しいんだよ。それこそ、悪魔どもが間違っても出てこないように——！」

真《ま》っ直《す》ぐな目でそう懇願されてしまったぼくは。

エルフじゃないとか、勇者じゃないとか。

そもそも美味《おい》しい食料を調達しに来ただけなんです、なんて言えるはずもなく。


ただ何度も、頷くことしかできなかった——

8

盛大なお見送りをされつつドワーフの集落を離れ、ダンジョンを先に進む。

ちなみにぼくがドワーフの里で苦労してた間、みんながどうしていたかというと。

なんとドワーフさんたちと一緒に、毎日美味《うま》い酒を呑《の》みまくって宴会していたらしい。

そんなことが許されるのか。

「えっ、おぬしも長老たちと宴会してたんじゃないのだ？」

そんなことを宣《のたま》うツバキに恨みがましいジト目を向ける。

「随分お楽しみだったんだね……」

「おぬしはいったい何をしていたのだ⁉　ていうか、おぬしがいなかったせいで拙《せつ》も相当苦労したのだ！」

「苦労ってなにさ？」

「毎日のように、スズハを強引にナンパしようとするドワーフに陰から忠告したりとか、酔っ払ったユズリハを簀巻《すま》きにしたりとか……」

「……そっちも大変だったんだね……」

まあそんなことはどうでもいいわけで。

それよりも重大なのは、ぼくがなぜかエルフの勇者に認定されてしまったこと。

その証《あかし》として、ドワーフの銘刀を押しつけられたこと。

その代わりとしてダンジョンの最下層に向かい、悪魔が抜け出せないよう地獄の門扉《もんぴ》をキッチリと閉めてこなければならなくなったことである。

ぼくがみんなに事の次第を伝えると、その反応は思いがけず淡泊だった。

「だって兄さん、どうせ最下層まで行くつもりだったじゃないですか」

「いやそれはそうなんだけど……」

「だったら同じですよ。ねえユズリハさん？」

「全くもってその通りだな」

……いや、みんなが納得いってるならぼくはいいんだけどね？

「しかしキミの受け取ったドワーフの剣というのは、凄《すさ》まじい逸品だな」

「そうですねえ」

素人《しろうと》で庶民のぼくだけでなく、女騎士にして公爵令嬢、つまり高い鑑定眼を持っているユズリハさんから見ても、この剣は大したものらしい。

──そう言えばこの剣、地獄の門を閉じるミッションが終わったら誰かにあげたりとか売ったりとかしていいって言ってたな。

「もしもダンジョンの最下層まで進んでも美味しい魔獣がいなかった場合には、この剣をユズリハさんのお祝いにすれば良いですね」

「なんだとう⁉　い、いやしかしその剣は、キミに贈られたドワーフの宝物だし……！　ああっ、だけどキミに手ずから素敵な逸品を贈られるというのも、相棒として認められた感じがして捨てがたい……！」

「ユズリハさん……兄さんから宝剣を奪うつもりですか？」

「――はっ。い、いや、わたしは相棒として我慢してみせるとも！　ああ！」

……別にぼくは兵士じゃないし、女騎士であるユズリハさんが持ってた方が、よっぽど有効活用できると思うんだけど。

その横で、頭にうにゅ子を乗せたツバキがポンと手を叩《たた》いた。

「――なるほど。ようやく理解したのだ」

「どうしたのツバキ？」

「この大陸の連中は、人間もドワーフも物の言い方が大げさなのだ」

「というと？」

「拙は東の大陸で刀匠に弟子入りしていたことがあるのだ。そこで大陸一腕の良い刀匠に、オリハルコンだけで刀は絶対に作れない、良質のミスリルを混ぜないともし作刀をしても使い物にならないと教わったのだ」

「へえ、なんでなの？」

「オリハルコンだけだと刀に必要な硬さと粘りが両立しないし、それに魔力のバランスも取れないのだ。つまり――」

それからのツバキの解説によると。

オリハルコンのみで剣を作ろうなんてナンセンスだし、もしも作ろうとしたって膨大な魔力が必要で人間にできる域を遥《はる》かに超えているとのことだった。

「しかしおぬしはこの剣がオリハルコンだけでできているとか言ってたし、それ以外にもエルフの英雄とか、ドワーフの救世主とか、この大陸を悪魔の手から救って欲しいとか、いろんな言われ方をしたという話なのだ。それが――」

「それが？」

「この大陸の人間は大げさだと考えれば納得いくのだ。兄様王《ターレンキング》のことも含めて」

「なるほど……！」

それは素敵な考えじゃないだろうか。

つまりその説によると、なぜか大陸中に蔓延《まんえん》している謎の兄様王《ターレンキング》伝説とやらは。

極度に誇張された、ぼくとは一切関係ない話ということになるのだから――！

「さすがツバキ、合理的に考えるとそうなるよね！」

「なぜそんなに食いつきがいいのだ……？」

「細かいことは気にしちゃダメだよ！」

そんな、上機嫌で進むぼくの後ろでスズハたちが、

「……ユズリハさん、あれ絶対二人とも勘違いしてますよね……」

「まあスズハくんの兄上の伝説なんて、誇張と捏造《ねつぞう》もいいところとしか思えないからな。

実際はかなりの部分がほぼ真実というのが、最高にタチが悪いんだが……」

「ツバキさんが勘違いするのは仕方ないとして、兄さんはどういうことでしょう?」

「あれは単に、自分の偉大すぎる功績から目を背けたいだけだろう」

「兄さんらしいと言えば兄さんらしいですね」

「まったく……まあ功績を直視したら、今ごろは国王どころか大陸を統一しててもなんら不思議じゃないからな。アレはアレでいいのかもしらん」

そんなことを言ってるなんて、まるで気づかないのだった。

*

ドワーフの里を出て奥へ進んだダンジョンは、それまでと明らかに様相が異なった。

具体的に言うと、暑いのだ。

ダンジョンを歩いているだけで暑い。

それも下に行けば行くほど、ますます暑くなってくる。

すると、どうなるかというと。

「あっついですね、兄さん……」

そう言いながら、スズハがスカートの裾をパタパタしている。

普段ならはしたないと窘《たしな》めるぼくだけれど、正直今はそんな気も起きない。

それくらい暑いのだ。

もちろんスズハ以外の面々も同様に、

「このままだと胸の谷間にあせもできちゃうのだ……」

「ツバキくん、谷間にタオルを挟むと少しマシになるぞ？」

「拙はサラシで胸を潰して押さえつけてるから、タオルが入る隙間がないのだ……」

「えっ、それでこんなに大きいのか？　いやわたしも人のことは言えないが……」

考えてみたらここにいる女子って、みんな滅茶苦茶《めちゃくちゃ》胸が大きいんだよね。

そう、うにゅ子以外は。

ぼくは頭上のうにゅ子に手を伸ばし、

「ぼくの仲間はうにゅ子だけだよ……」

「うにゅー!?」

唯一の仲間だったはずのうにゅ子に、手をぺいっと払われてしまい傷心のぼく。

ひょっとして、心の中の声がバレてしまったんだろうか。

そして夜。

ダンジョンが暑いことで唯一良いことは、なんといっても温泉。

このダンジョン、温泉が至る所に見つかるのだ。

その数たるや、一日で三つや四つ見つかることもあるほどで。

「もう汗だくで参りました……」

「うわっ、胸に挟んだタオルまでびちょびちょだ。谷間汗掻《か》きすぎだろう……」

「うにゅー……」

「……うにゅ子は比較的マシなはずなのだ？」

女子の温泉はまあ賑《にぎ》やか。

ぼくは少し離れた場所で、一人で料理しつつ見張りをしてるので、みんなは存分に汗を流していただきたい。

あとユズリハさんの谷間に一日中あったタオルは、貴族のマニアに高値で売れると思う。

絶対売らないと思うけど。

「ユズリハさん、また胸が大きくなったんじゃないんですか？」

……女子同士の会話なんて、聞こえないふりをするのが一番である。

さすがに敵襲に備えて、耳は澄ましてなくちゃいけないけれど。

だから耳に入るのは仕方ないとして、そのまま聞き流すのが正解なのだ。

「む、分かるか……？　実は五センチほど大きく……」

「そりゃ分かりますよ。だっておっぱいの下の方、明らかに収まってないですし」

「ユズリハ、そのデカさでまだまだ成長期なのだ……？」

そう。男としての正解は、そのまま聞き流して――

「ていうかトロトロに煮込んだすじ肉くらい柔らかいくせに、弾力が滅茶苦茶あるのだ。やはりマッサージの成果なのだ……？」

「こ、こらっ⁉　突然揉《も》むな！」

「女同士だし気にするなのだ」

「女同士でもダメだ！　わたしの胸を揉んでいいのは相棒だけだからな！」

男として、そのまま聞き流し……

「ううむ……拙も大きさと形なら負けない自信はあるけど、やっぱり実際に揉んでみると柔らかさと弾力が一段格上なのだ。やはり拙もマッサージを頼むべきなのだ……？」

「そ、それは困る！　わたしが相棒にマッサージしてもらう時間が減ってしまう！」

聞き流し……

「それ以前にツバキさん、なんでそんなおっぱいソムリエなんですか……？」

「乳房が分かれば筋肉が分かる。筋肉が分かれば全てが分かる。そう教えられたのだ」

「それ肯定していいのか否定すべきか、微妙すぎる見解ですね……」

……まあアレだ。

仲良きことは美しきかな、と昔から言うわけで。

きっと会話がぼくに聞こえてるなんて、夢にも思ってないのだろう。

だったらぼくが知らない振りをすれば、全て平和だ。

こうも暑いと、周囲に気を遣う余裕もなくなってくるしね。ぼくも気をつけなければ。

――そして、それから先も。

「おっぱいもいいですが、やはり女騎士はお尻だと思います。ユズリハさんは？」

「うーん……やはり太ももではないだろうか？　一見柔らかそうなムチムチの太ももで、しかしその下にはしなやかに鍛えられた筋肉が、という二面性がいい」

「まあユズリハは両方むちむちなのだ……拙《せつ》はお尻はちょっと自信ないのだ……」

などという会話が続き、そして。

「……うにゅー……」

会話に全く参加できないうにゅ子の、悲しい声が聞こえてくるのだった。

9

ダンジョンを降りて行くにつれ、うにゅ子が首を捻《ひね》ることが多くなった。

「……うにゅー……？」

「どうしたの？　何か見覚えがある感じ？」

「うにゅ」

うにゅ子が首を縦に振って肯定する。

やはりうにゅ子は、ぼくらの前に来た最後のエルフである可能性が高まってきた。

「とはいえ、どうしたもんかな……」

現在のぼくらの状況は、はっきり言って悪い。

まずは暑さ。

階段を降りるにつれ、ますます暑くなってくる。

そういえば女騎士の装備でビキニアーマーなるものがあると聞いたことがあるけれど、なるほどこういう時のためかと感心したものだ。

「寒いのは兄さんに抱きつけばいいですが、暑いのはどうしようもありませんね……」

「いま抱きつかれたら、さすがに引っぺがすよ？」

「うにゅ！」

うにゅ子が同意の声を上げた。

そう、うにゅ子ですら今はぼくの頭から降りて、自分で歩いているのだ。

つまりそれほど密着するのが暑苦しいということである。

そして二つ目。

「さっきの獲物も、また外れだったしな……」

ユズリハさんがぼやいた通り、魔獣の外れ率がとても高い。

具体的には降りていくごとに、魔獣のゾンビ化が激しくなっている。

やはり暑ければ暑いほど、ゾンビ化というのは進行が早いのだろうか。

もちろん食べられる程度のゾンビ化肉は美味《おい》しくいただいてるし、そのお肉は例外なく滅茶苦茶美味なのだけれど、食べられる肉の量が少ないんだよね……

ダンジョンの上層部だと浴びるように美味しい肉を食いまくっていたので、ギャップが激しいというかなんというか。

このまま突き進むと、いずれ腐りすぎて食べられないゾンビ化魔獣だけになるのでは。

そんなことすら考えてしまう。

「まあアレですね。さっさと一番下まで行って、様子を見て戻ってきましょう」

「うむ。それしか無いだろうな、キミ」

「……ユズリハさんたちはドワーフの集落に戻ってて貰《もら》ってもいいんですよ?」

三つ目の問題はこれ。

この状況、本来ぼくたちの目的である、美味しい魔獣を狩るという目的からはなかなかキツいものがある。

目的から考えれば、もう少し上の階層で美味しい魔獣を狩りまくって極上の肉を厳選し、さらにドワーフさん秘蔵のお酒を分けて貰ってユズリハさんのお祝いに……というのが、まず間違いなくベストだと思うのだ。

それでも最奥《さいおう》部まで行こうとするのは、ドワーフの長老さんたちに頼まれたからで。

そしてこのダンジョンの暑さを考えれば、ぼく一人で行くのが一番効率がいいと思う。

なにせぼく一人なら、上半身裸でも構わないのだ。

けれど。

ここから先はぼく一人で行くと、何度か言ってみたものの。

「なにをゆー。わたしとキミは一心同体、つまりキミが向かうところには常に相棒であるわたしの姿あり、だ。それを忘れるな」

「ユズリハさんはともかく、わたしは兄さんの唯一無二の妹として、たとえ地の果てでも付いていきますから！」

「拙はどっちでもいいのだ……しかし一般人のおぬしを行かせて、武士である拙が安全な場所にいるというのも気が引けるのだ」

「うにゅー！」

相変わらず、うにゅ子は何を言ってるのか分からないけど。

それでもなんとなく、みなぎる決意というものを感じるのだ。

うにゅ子の脳内には、昔の記憶がよみがえっているのだろうか？

そんなこんなで、なんとか進んでいった結果。

ぼくらはついに、ダンジョンの最下層まで辿《たど》り着いた——

＊

ダンジョン最下層の最奥部。

その行き止まりに鎮座する祭壇を見つけた瞬間、うにゅ子が大いに騒ぎ始めた。

「うにゅ⁉　うにゅ⁉」

「どうしたの……って、これは……」

それはなんというか、生贄《いけにえ》が捧《ささ》げられる祭壇という感じのおどろおどろしい雰囲気で。

半分以上朽ちた石積みの祭壇は、ところどころ血の跡が残っていた。

どこから見ても明らかにヤバい、見た瞬間にそう直感するシロモノ。

「……うにゅ子、この場所に見覚えがあるの？」

「うにゅっ‼」

うにゅ子が力強く頷《うなず》いた。

するとこの近くに、ドワーフの長老さんが言っていた地獄の門が……

「あった！」

祭壇の先に目を凝らしてみると、そこには巨大な門があった。

その隙間から見える先には、無数の骸骨が蠢《うごめ》いて、こちらの世界に来ようとしている。

それは子供の頃、教会の壁画で見た地獄の亡者《もうじゃ》そのもので。

骸骨たちの後ろには、地獄の炎が噴き上がっていて。

――この門が開かれたら、世界が終わる。

直感的にそう理解させられる、文字通りの地獄絵図だった——

「うにゅ子、どうすればいい⁉」

このまま門を隙間なく閉じればいいなんて、単純な話のはずがない。

だったらなんで、おどろおどろしい祭壇なんて存在するのか。

何かを思い出した様子のうにゅ子に問いかけると、果たして。

うにゅ子は、決意の眼差《まなざ》しを祭壇に向けると。

「うにゅ————っ‼」

……思いっきり、ドロップキックをかましたのだった。

「ど、どうしたの⁉」

慌てて声をかけたけど、うにゅ子の視線は祭壇から離れない。

それどころか。

「……え、うにゅ子⁉」

うにゅ子の姿が揺らいだかと思うと、いつもの二等身ではなく成長した姿に戻っていて。

つまりそれは、うにゅ子が全身全霊で本気ということで。

「…………！」

うにゅ子が身構えながら、じっと睨《にら》み続ける祭壇の中心で。

淀《よど》んだ熱気が渦を巻き始めた。

やがてその熱気は、人間の形を取って、あたかも半幽霊のように実体化する。

その見た目は、痩せぎすの老人。

不気味なローブを身に纏《まと》い、眼窩《がんか》は窪《くぼ》み。

瞳のあるだろう部分は赫《あか》い、てらてらとした仄暗《ほのぐら》い光が不気味に漏れる。

――うにゅ子が静かに息を呑《の》む。

そいつの放つ、あらゆる生物とは根本的に異なる、名状しがたい死の予感。

そしてぼくは、この感覚に覚えがあった。

それは、彷徨える白髪吸血鬼《ホワイトヘアード・ヴァンパイア》と呼ばれた存在。

うにゅ子の身体《からだ》を乗っ取って、二千年もの間、大陸中を恐怖の底に落とした存在。

目の前にいるコイツが、うにゅ子を支配していた個体と同じかどうかは分からない。

うにゅ子に聖剣で斬られた個体が逃げ出して、この場所に戻ってきたのかも知れないし、はたまた二千年もの間に同等の吸血鬼が誕生したのかも知れない。

それでも、ぼくに分かることはある。

うにゅ子は二千年前、目の前の吸血鬼に敗れて、彷徨える白髪吸血鬼《ホワイトヘアード・ヴァンパイア》となったこと。

そしてまた、同じ戦いが起きようとしていること。

そして、

目の前のコイツだけは、絶対にぶちのめさないといけないこと――!!


「スズハ、ユズリハさん！　それにツバキ！　危ないから下がって！」

「キミ、これは一体……!?」

ゆっくりと始動する吸血鬼から目を離せないまま、ぼくは端的に叫んだ。

「コイツが、うにゅ子に取り憑《つ》いていた――彷徨える白髪吸血鬼《ホワイトヘアード・ヴァンパイア》の本体です」

10（ユズリハ視点）

彷徨える白髪吸血鬼《ホワイトヘアード・ヴァンパイア》の本体とやらは、強いなんてもんじゃなかった。

なにしろ、大陸中で間違いなしに最強の二人——スズハの兄と大人モードのうにゅ子が本気の全力で攻撃しまくっているのに、斃《たお》せそうな気配すらないのだ。

吸血鬼の攻撃方法は極めて単純。

祭壇を中心に夥《おびただ》しい量の魑魅魍魎《ちみもうりょう》を召喚し続け、こちらにぶつけてくるというものだ。

しかしその一体一体が、並の悪魔よりも強い。

結果ユズリハやスズハでは、押し寄せる悪魔にも苦戦することとなるのだが——

「……あの二人、マジでバケモノなのだ……！」

呟《つぶや》くツバキの声に内心で同意する。

大陸最高峰の騎士団ですら一体を相手取るのも大変な魑魅魍魎を、どうしてワンパンで秒殺し続けられるのか。

——思い出す。

スズハの兄と出会った頃、似たようなことがあった。

周囲を精強に組織化されたオーガに囲まれて、大樹海で三日三晩戦い続けた記憶。

その時も、スズハの兄はワンパンで倒しまくっていた。

けれどその時のオーガとは、強さのレベルが違いすぎる。

はっきり言って、たった数体でも都市国家程度なら軽く滅ぼせる。それほどの敵。

(わたしも随分、スズハくんの兄上に鍛えられて強くなったと思っていたが――！)

もしもスズハの兄と出会う前、殺戮の戦女神《キリング・ゴッデス》と呼ばれて、自分が大陸最強であることを疑わなかった頃の自分がここにいたら、今ごろとっくに祭壇のシミになっていただろうな……そう考えてユズリハが苦笑する。

(自分は、スズハくんの兄上と出会う前と比べて、もの凄《すご》く強くなったんだ。だから今、こうして生きていられる)

それでも戦況は、なかなかに厳しい。

なにしろ召喚される魑魅魍魎の数が、およそ桁違いなのだ。

「――ユズリハさん！」

「っ⁉」

スズハに鋭く制止され、自分がほんの少しだけ突出していたことに気づく。

「す、済まない！」

これだけ厳しい状況だと、ほんの僅かな油断が致命傷となる。

ユズリハは思う。

スズハは普段ただの兄バカだが、こんな極限の状態できっちり兄をサポートできるよう、目配りできる能力を持っていると。

では自分は、スズハの兄に対して何ができるのかと――

そんな風に自己嫌悪《じこけんお》の泥沼に落ちかけていた時。

「ユズリハさん、お願いがあります」

正面で戦っているスズハの兄から声がかかった。

今は五人が団子になった状況で、敵の圧が強い正面をスズハの兄とうにゅ子が受け持ち、それ以外をユズリハたち三人が受け持っている。

うにゅ子のように、スズハの兄の横に並んで戦えない自分の実力が、悔しくて堪《たま》らない。

けれどそんなことは悟らせまいと声を張る。

「なんだ？」

「この戦い、かなりの長期戦になると思います。恐らくオーガの時と同じか――もしくはそれ以上に」

生唾を呑む。

オーガの大樹海では、三日三晩戦い続けた。それ以上の長さになるというのか。

「ああ。それで？」

「ですのでユズリハさんに――背中を、頼みます」


「……なにっ……？」

一瞬、自分が何を言われたのか分からなかった。

けれど脳に理解が及ぶと、戦闘中にもかかわらず圧倒的な幸福感が身体中を駆け巡る。

つまり、それは、スズハの兄が。

ユズリハのことを自分の相棒だと――自分の背中を護《まも》るに相応《ふさわ》しいパートナーなのだと、認めてくれたということで……！

「ああっ、任せておけ！――キミの背中はこのわたし、サクラギ公爵家直系長姫であるユズリハ・サクラギが。死んでも護ってみせる‼」

「いやまあ、死なれちゃ困るんですが……」

本気で戸惑ったらしいスズハの兄に、ユズリハが内心苦笑する。

こういうところでビシッと決められないのも、またわたしの相棒らしさということか。

まあ行動は最高の結果を残す男だから、そこら辺は勘弁してやろう。

「なあキミ、わたしはどうすればいい？」

「オーガの時と一緒です。隙を狙って、吸血鬼の本体をぶっ叩《たた》く。それしかありません」

「そうだな」

「あの吸血鬼、なかなか隙を見せません。持久戦になりますが、必ずチャンスは来ます」

「ああ」

「その時には、かなり無茶でも突出して勝機を見いだすしかありません」

「なるほど。キミが敵前に躍り出る時のパートナーがこのわたしか……ありがたくって、涙が出るな」

「すみません。うにゅ子には正面からの敵をサポートして貰《もら》わないとならないので……」

「謝るな。皮肉じゃない……本当に泣きたいほど嬉《うれ》しいんだよ、わたしは」

「すみません」

「だから謝るな。だが、そうだな――」

スズハの兄の作戦は、それしかないと分かっていても、有り体《あてい》に言って力業《ちからわざ》だ。

今こうして魑魅魍魎の攻撃を受けているだけで相当キツいのだ。

普通に考えれば、自殺行為以外の何物でもない。

——でも、だからこそ。

ユズリハは精一杯の笑顔を作って、

「わたしが生き残ったら……未婚の公爵令嬢を泣かせた責任、きっちり取って貰うからな。覚悟しておくといい」

「……ユズリハさんは生き残りますよ。絶対」

「ならばキミも生き残るな。なにしろこの状況でキミが死んだら、我々みんな全滅するに決まってるんだから」

「——そうですね。きっと全員、生き残りますよ」

そんな会話から五日間、ぶっ通しで戦い続けて。

暑さと疲労で肉体はとっくに限界を超えながらも、気力だけで剣を振り続けたその先に。

ほんの僅かにできた隙を見逃さなかったスズハの兄が、吸血鬼の前に躍り出て。

そのまま吸血鬼を、ドワーフの宝剣で串刺しにしたのだった——

*

気づいたら横になっていた。

どうやら、いつの間にか眠っていたようだ。

「あ、ユズリハさん。起きましたか」

「ああキミ。一体どうなったんだ……？」

吸血鬼が断末魔の叫びを上げたところまでは記憶にある。

だがしかし、その後の記憶がぷっつり途切れていた。

ユズリハが頭を振って起き上がると、スズハの兄が慌てて駆け寄って身体《からだ》を支えた。

「終わりました。全部」

「全部というと、吸血鬼が召喚しまくった魑魅魍魎どもも……」

「みんな倒しました。ユズリハさんのおかげです」

「そんなことは絶対にないが……そうだ、みんなはどうした？」

「寝てますよ。ユズリハさんが一番重傷だったんですけど、元気になって良かった」

そう言われて視線を落とすと、服はボロボロで下着までほぼ破れかけ、そのうえ皮膚も明らかに動脈まで深く斬り裂かれた痕がいくつもあった。

恐らくスズハの兄が、必死に治療したのだろう。

その時にスズハの兄がしてたであろう表情を想像すると、ユズリハはなんだかココロがポカポカと温かくなったような気がした。

「えっと、その傷なんですが……」

「こんなもの気にするな。公爵家の雇う治療術士なら、この程度の痕は完璧に治す」

「そ、そうですか。良かった……！」

明らかにホッとするスズハの兄に、ユズリハが少しだけムッとする。

（本当ならばわたしは、キミとの絆《きずな》をずっとこの身体に留《とど》めておきたいのだが……）

とはいえ、そんなことをここで言ってもスズハの兄を困らせるだけなのは明白なので、ユズリハは話題を変えることにした。

「地獄の門はどうなった？」

「ガッチリ閉じておきましたよ。もう少しで通れるくらいの隙間ができそうだったんで、危ないところでした」

「そうか。うにゅ子が突然大人モードになって、びっくりしたよ」

「ぼくもです。もう二等身に戻っちゃいましたけど」

「吸血鬼を倒したからか？」

「恐らくは。今はすぐそこで、お腹《なか》丸出しで寝てますよ」

苦笑するスズハの兄の様子からも、全てが無事に終わったことが伝わってきた。

よかった反面、ちょっぴり寂しさを覚えていると。

「それでですね。一つ、ユズリハさんに謝らなくちゃいけないことが……」

「なんだ？」

「それがその……このダンジョンには、最高のお肉を手に入れるために来たわけで……」

「まあそうだな」

「ですが結局、最高のお肉は手に入れられなかったというか、なんというか……」


「——ぷっ」

思わず小さく噴きだしてしまった。だって仕方ないだろう。

スズハの兄は、またも大陸のピンチを救ったのに——そんなことを悩んでいたのだから。

「……まったく、キミは本当に根が庶民だな」

「そりゃあ生粋の庶民ですからね」

「褒めてない」

褒めてない、けれどこれ以上面白いこともそう無いだろう。

賭けてもいいが、大陸中の英雄譚《たん》をひっくり返したって。

世界を救っておきながら肉の心配をする男なんてものは、自分の前にいる辺境伯なのに
庶民臭さがずっと抜けない、いつもは料理好きのやさ男で、でもいざという時はとびきり
頼りになる、自分の相棒以外にいないのだから――

「しかしまあ、謝罪したいと言うならちょうどいい」

ユズリハが意地悪く言うと、スズハの兄がびくりと震えた。

「え、えっと、その……」

「わたしは気にしないが、キミがどうしてもと言うならば、わたしの傷痕の責任を取って
貰うのもやぶさかではないな」

「そ、それは具体的には、どのように……!?」

「まずは、わたしの成人の儀式に一緒に出たまえ」

「えっ、でもそれって直系血縁以外立入禁止なのでは……？」

「責任」

「謹んで出席させていただきます」

「そうかそうか、とても嬉しいよ」

即行で手のひらを返すスズハの兄に、ユズリハが満面の笑みで頷《うなず》いた。


——ユズリハは思う。

治癒魔法で消える身体の傷痕なんて、べつに何にも気にすることはない。

けれど、スズハくんの兄上が——自分の唯一無二と決めた相棒が、自分のことを初めて相棒と認めて協力を求めた——しかも生死を懸けた戦闘中に。

その高揚感といったら！

あの時に感じた得も言われぬ魂の震えは——きっと一生、自分の心の一番深い奥底で、静かに燻《くすぶ》り続けるに違いない。

わたしは絶対、あの瞬間のことを一生忘れない。

わたしは生涯、あの思い出を胸に抱いて、そのまま死ぬ。

それはつまり、言い換えれば。

わたしの相棒は、わたしの心に——一生消えない、取り返しのつかない痕を付けたのだ。

「ふふっ——」

もちろんそんなのは、自分の勝手な感情だ。

けれどわたしの相棒が責任を取りたいというなら、取って貰うのもいいだろう。

まずは血族と婚約者しか出られない、自分の成人の儀式に同席して貰おう。

煩《うるさ》いことをいうヤツも一部いるだろうが、わたしの相棒の出生図を偽造してもいいし、わたしの婚約者だと報告してもいい。本当になってくれればなおいい。

それでもわたしと相棒の仲を邪魔するヤツは、たとえ誰だって力尽くで潰す。

さてその次は、どう攻めようか……


「なあ、スズハくんの兄上」

「なんでしょう」

「キミは婿入りに抵抗がある方か？　それとも気にしない方か？」

「こんなところで突然なに言ってるんです⁉」

「むう。大事なことなのに……」

とはいえ答えはどちらでもいい。

そんなことよりも、大事なことは。

自分が名実ともに、スズハくんの兄上に相棒と認められたことなのだから――

エピローグ

1

スズハの兄たちが帰ってくると、城にトーコ女王とその姉の聖女がいた。

魔獣の肉を差し出しつつ説明をすると、二人ともその場で頭を抱えた。

「スズハ兄、今回はダンジョンで大人しくしてるかなーと思ったら、まさかそんなことになってるなんて……！」

「地獄の門に繋《つな》がるダンジョンの話、聖教国の伝説として聞いたことはあります……！でも本当に存在するなんて初耳ですわっ……！」

「二人とも頭抱えてどうしたんです？　あ、ひょっとして肉が美味《おい》しくないとか？」

「そっちは滅茶苦茶《めちゃくちゃ》美味しいわよ!?」

親の仇《かたき》を討つみたいな勢いでコカトリスの丸焼きにお箸をぶっ刺すトーコを見ながら、ああ帰ってきたんだなーとスズハの兄は妙な感慨にふける。

——まさか、自分のヤケ食いがそんな目で見られてるとも知らず。

トーコが口を大きく開けながら、コカトリスの肝を中へと放り込む。

「なにこれ美味《うま》っ……ていうかこれ、ユズリハのお祝いに使うんじゃないの？」

「ああ、その分は別に取ってあるので大丈夫です」

「どんだけ魔獣を狩ってきたのよ……？」

「そう言いますけど、倒したのはほとんどが食べられもしない魑魅魍魎《ちみもうりょう》どもですからね。倒した魔物の一パーセントでも食べられる魔獣だったら、今ごろウハウハですよ……」

「なによその『敵を倒すごとに銅貨一枚貰《もら》ってれば、今ごろおれは大金持ちさ』みたいな言い草は？」

「実際そうだから仕方ないじゃないですか」

スズハのような女騎士には極論、肉のメニューだけでも問題ないけど、相手が女王とか聖女とかだとそうもいかない。

スズハの兄が冷製チキンサラダを追加投入しつつ、聖女に頭を下げる。

「そういうわけですみません、ロック鳥は手に入りませんでした」

「え？　ああ、白銀のダンジョンの……それは仕方ありませんわよ。だってずっと前に、エルフに狩られていたんでしょう？」

「ええ」

「逆にわたくしたちが聖山としていながら、きちんとした情報をお伝えできなかったこと、お詫《わ》び申し上げますわ」

「とんでもないことです」

聖女に直々に謝られて、スズハの兄がホッと胸を撫《な》で下ろす。

自分に非がないとは分かってても、権力者というのは何を言い出すか分からないものだ。

それは偏見ではあるものの、残念なことにまあまあ正しい。

「そうだ。スズハ兄、ドワーフの剣見せてよ」

「もちろんです。はいどうぞ」

スズハの兄からドワーフの宝剣を受け取ると、トーコと聖女がゴクリと唾を呑《の》みつつ、宝剣を睨《にら》みつけるように観察して。

「……うわ、これやっぱいわ。ボクが王家の宝物庫で見たどの剣よりも、ていうか恐らくそれを全部足したよりも、魔力がパンパンに詰まってるんですけど……!?」

「並の使い手では絶対に使えませんわね……最低でもわたくしくらい魔力が多くないと、とんだなまくらになってしまいますわ……」

「でもスズハ兄クラスの魔力の持ち主が使えば、この剣おそらく滅茶苦茶最強だよね……どんなものでも熱いナイフでバター切るみたいに、スパスパ切れまくるんじゃ……？」

「いやあ、その剣には本当に助けられましたよ」
スズハの兄がニコニコ顔で、
「それでですね、こんな良い剣をぼくみたいな素人《しろうと》が持ってても仕方ないし、折角だから
ユズリハさんのお祝いに渡そうと思ったんですけど……」
「「絶対ダメ‼」」
姉妹の声が綺麗《きれい》にハモった。
「そうなんですよ、なぜかユズリハさんにも断られちゃって……」
「当たり前だよスズハ兄！　ドワーフの大天才が自らの命と引き換えに作った宝剣って、
国宝どころか世界が垂涎《すいぜん》する究極の逸品だよ⁉　しかも絶対あり得ないって言われてきた、
完全な純オリハルコン製だし！」
「その剣、やたらグラム単価高そうですよね」
「それどころじゃねーですわ⁉　この剣がもしも売りに出されたなら、ただでさえ希少な
オリハルコンの数万倍、いえ数百万倍の値段が付いてもおかしくありませんですのよ⁉
そしてその後、絶対に宝剣を巡って大陸中が戦争になること間違いなしですわ！」
「さすがにそれは大げさすぎると思いますが……ユズリハさんにも顔を引き攣《つ》らせながら
『大変光栄だが、自分の手に余る』と言われて断られまして」

「当然ですわね……！」

「まあユズリハだって、自分の手で大戦争を引き起こしたくないもんね……！」

明らかにホッとした二人に、スズハの兄が笑顔で言った。

「というわけで、トーコ女王か聖女様のどちらかに献上しようかと」

「あなたはヒトの話をお聞きになりやがってましたのかしら——‼」


——その後、女王と聖女の高貴ボブカット爆乳美少女姉妹によって。

スズハの兄は、そりゃもう滅茶苦茶に詰められたのだった。

本人だけは「みんな大げさだなあ」と思っていたが、幸いにも口から出なかった。

もしも口から出ていたら、説教の時間が倍増したこと請け合いである。

＊

「トーコさん、聖女様。ねぎまとぼんじりが焼けました、タレと塩どっちにします？」

「ありがとー。ボクはタレでよろしくー！」

「わたくしは塩でお願いしますわー」

見た目そっくりの姉妹でも、焼き鳥の味付けは意見が分かれるようだ。

ちなみにスズハの兄は、部位によってタレと塩を使い分ける派である。

お酒を飲みながら待っている二人に焼き鳥を持っていくと、なんだか自分が下町にある飲み屋の店員になったような錯覚に陥る。

女王と聖女って、やんごとなきこと比類ない人間のハズなのになあ……

焼き鳥の力は偉大だとアホなことを思いながら、二人に山盛りの肉を差し出す。

そして何気ない世間話のつもりで、

「そう言えば最近、領都がなんだか建設ラッシュなんですよ」

「……へ？」

トーコが串を咥《くわ》えたまま目をぱちくりさせて、

「スズハ兄、聞いてないの？」

「なんのことです？」

「……あー。そういえばアヤノに、スズハ兄を驚かせたいからギリギリまで黙っててって言ったかも……？　まさか今まで隠し通してるとは思わなかったから忘れてたけど」

「へえ、なんのことですか？」

アヤノが話してこないということは、知らなくても問題がないことなのだろう。

そう理解したスズハの兄は、気軽に聞いた。

——実際、そのことを知っててもスズハの兄にはどうすることもできないという意味で、アヤノの判断に間違いはなかった。

ただし問題は。

スズハの兄の心構えが、できるか否《いな》かということで——

「スズハ兄。この街が、工事ばっかりしてた理由は簡単よ」

「なんですか？」

「遷都して、近々この街が王都になるから」

「……はい……？」

「この城のすぐ横に、新しい王城も完成したしね。ボクも整理が済み次第こっちに住むし、領主はスズハ兄のまんまだからいろいろ忙しくなると思うけど——よろしくね？」

そんな風に、トーコに満面の笑みでお願いされて。

目をぱちくりさせること数秒、ようやく事情を把握したスズハの兄は。

「えええええええええええ――――――――――ッッッッ⁉」

女王と聖女の二人を前に、目を丸くして絶叫したのだった。

2

深夜のローエングリン城。

前当主の趣味によって造られた豪奢《ごうしゃ》な大浴場をたった二人で独占するトーコと聖女は、トロトロの打たせ湯に凝った肩と背中をほぐされながら、今後について話していた。

「……それで、トーコは女王を辞めるつもりですの？」

「まー、さすがに今すぐとはいかないけどねー」

遠回しな肯定の返事を聞いて、聖女はさらに言葉を重ねる。

「それは、ローエングリン辺境伯と結婚するためですの？」

「……もしそうだって言ったら軽蔑する？」

「いいえ。トーコだって女王である前にオンナなのです、当然の選択ですわ」

あまりの聖女の言いように、トーコが思わず噴き出して。

「なによそれー。貴人は社会に尽くすべし《ノブレス・オブリージュ》、じゃないの？」

「それはもちろん大事ですわ。ですが、地位に見合った仕事をしていくことで自分自身が不幸になるなら、そんな地位はクソ食らえですのよ」

「……ああうん。お姉ちゃんが聖教国で元気にやってるのが分かって安心した」

「ついでに言うなら、トーコが女王の地位を投げ捨てることで社会に混乱が起きるならばさすがに止めますわ。ですが今回、それはあり得ませんから」

「まーねー」

トーコと聖女の、どころか大陸国家首脳の現在の共通認識。

それは女王であるトーコではなくスズハの兄、つまりローエングリン辺境伯が実質的にドロッセルマイエル王国の支配者であるということで。

そして現状、ドロッセルマイエル王国は比類なきぶっちぎりの大陸覇権国家。

つまりスズハの兄は、大陸中からトップオブトップであると認識されているのだ。

──もちろん本人には、微塵《みじん》も自覚がなさそうだけれど。

「ていうか、スズハ兄がもう少し自覚してくれればボクもラクなんだけどねー」

「オーガの異常繁殖、彷徨える白髪吸血鬼《ホワイトヘアード・ヴァンパイア》、東の異大陸の侵攻……この大陸に襲いかかる絶体絶命の危機を何度も一人で跳ね返し、百万の兵士相手でも圧倒的戦力でぶちのめす。

それでいて囚《とら》われの王女も救って、オリハルコンやエルフも再発見したあげくに、今回はなぜかドワーフの神剣を手にする……何人分の英雄譚《たん》を混ぜればこうなるのかしらね？」

「まースズハ兄以外の英雄譚を全部足しても、一割にすら満たなそうだよね……」

詰まるところ、スズハの兄はあまりに功績を挙げすぎた。

世間に知られているのは功績の一部だが、それでも比類がないにもほどがある。

かつて大陸を統一したという統一王ですら、本当にあったとはとても思えない眉唾物の実績を全部足し合わせても、スズハの兄には余裕で劣るほどだ。

トーコが薄く笑って、

「そりゃ国を存続させるのは大事だけどさ。でもそれはなんで必要なのかって考えたら、領民みんなが幸せに生きるためじゃない？　だったらそれがスムーズに実現できるんならボクが女王である必要もないし、スズハ兄が大陸統一しても問題ないよねって」

「……トーコのそういう割り切り、王族としては異端ですわよね……」

「でも間違ってるとは思わないけどなー」

人間には二種類のタイプがいるとトーコは思う。

自分がなし得たかったコトをより完璧に、スムーズにできる他人が現れたとき。

その他人に仕事を任せ自分は潔《いさぎよ》く身を引くタイプなのか、もしくはその他人に決して奪われまいとするタイプなのか。

一般的に、王族や貴族はみな後者である。

もちろんトーコもずっと、自分を後者だと思っていた。でも。

スズハの兄をずっと見ているうちに、自分の中に初めての感情が浮かんだことに気づく。


——ああそっか。

ボク、スズハ兄になら全部譲ってもいいって思ってるんだ——


「まあわたくしも、トーコの判断は間違ってないと思いますわ……」

実体はともかくとして、国際政治情勢として現状一番マズいのは、スズハの兄の地位が低すぎる問題だ。

本人がどう思っているかなど関係ない。

スズハの兄がなんて言おうと、トーコ女王に言わされていると取られかねないからだ。

「道のりは長いけどねー」

「ところでこの件、辺境伯にはキチンと言ってますの？」

「言うわけないじゃん。最悪逃げられかねないし」

「あの辺境伯ならあり得ますわね」

「ユズリハにもサクラギ公爵にも言ってないよ。もしも言ったら、公爵家の総力を挙げてとっととスズハ兄との既成事実を作ろうとするだろうし」

「ですわね……」

たとえトーコの意図が読めなかったとしても。

トーコが女王から降りると知れば、サクラギ公爵家は多少強引にでも、可能な限り早い婚姻を目指すに決まってる。ていうかトーコでもそうする。

――王族は庶民と結婚できない。

けれど片方は今や庶民ではなく、もう片方が女王を、ひいては王族を降りるとなれば。

単純に、ライバルが一人増えることになるのだから――

＊

風呂《ふろ》はコイバナや愚痴を語り合う場所として最適であっても、議論をする場所としてはまるで適していない。

そんな当然のことに二人が改めて気づかされたのは、風呂場に入ってから一時間近くも経過してからだった。

でも仕方ない。

それだけ白熱した、有意義な議論だったのだ。

「……じゃあ今後は、ボクがスズハ兄に仕事を教えつつ親密になるってコトで……うっ」

「ですわね……トーコはユズリハと違って辺境伯とずっと一緒にいなかったのですから、その不利をなんとか埋めていかないと……それはそれとして、わたくしさっきからお脳がクワンクワンいたしますわ……！」

「……ボクもかなり気分悪い……」

そんなことを言いながら、火照《ほて》った身体《からだ》をタオルで隠すこともせず脱衣所に出ると。

そこには澄まし顔をして、コーヒー牛乳の壜《びん》をトレイに載っけた銀髪ツインテール褐色ロリ巨乳メイドの姿。

言うまでもなくカナデである。

「ご主人さまが、二人のお風呂が長いからって」

「ナイス、スズハ兄！」

それはまるで、砂漠で干上がった旅人がオアシスを見つけた時のように。

二人は奪うように壜を手に取り、そのまま腰に手を当ててごきゅごきゅと呑《の》み干した。

「なにこれ滅茶苦茶美味《めちゃくちゃおい》しいんだけど……！」

「ですわね……五臓六腑《ごぞうろっぷ》に染《し》み渡りますわ……！」

「ご主人さまお手製のコーヒーぎうにう。甘みをわざと強くしてる」

「まさに絶妙なバランスの甘みですわね！」

「これ以上甘くなるとクドくなる、まさにその限界を突いてるよねー。さすがスズハ兄」

「えっへん」

自分の主人を褒められて、カナデが自慢げに胸を張った。


──ふとトーコは思う。

普通に考えて女王と聖女に出す飲み物に、壜入りコーヒー牛乳なんてあり得ない。

けれどそんな常識をぶっ飛ばして、スズハ兄はこんなに自分を幸せな気分にしてくれる。

だとしたら。


これから先の将来、スズハ兄が大陸の覇者として君臨したとして。

世の中がどう変わっていくかなんてさっぱり分からない。だってスズハ兄だし。

だけど一つだけ、分かることがある。

スズハ兄が困り顔で、柄でもないと言いながら統治する世界の民衆は。
きっとみんな、今の自分がそうであるように。
あったかい幸せを感じることができるに、違いないってこと——

あとがき

前巻のあとがきでもお知らせしたことですが、当作品のコミカライズが始まりました。

この本が出ている頃にはコミックスも発売されているはず。

これも読者の皆様と漫画家様のおかげ、まさに感謝感激雨あられでございます――！

それでですね。

わたくしは原作者として、毎夜漫画家様のいる方角に向かって感謝の舞を踊っておればいいのかと思っていたら、さにあらず。

各話ごとにネームチェックというものをやるようになりました。

わたくしも詳しくないですが、ネームというのはつまり漫画の下書きみたいなもんで、それをチェックし問題があれば指摘するのがお仕事です。

――正直、大いに困りました。

なにしろわたくし、漫画に関しては完全に素人《しろうと》。

もうどれくらい素人かというと若かりし頃、何とは申せませんがヒロインが見えそうで見えないアングルだったときに、本を持ち上げたり透かしたりしてどうにか見えないかと涙ぐましい努力をしていたほどです。そんなわたくしに何を指摘しろと仰《おっしゃ》るのか。

考えても分からないので編集氏に聞くことにしました。

「――というわけでMさん、どげんすればよかとですか？」

「思ったことを返答すればいいのでは？　向こうが採用するかは別として」

「ほーん」

なるほど、思っていたよりもユルい感じで大丈夫そうです。

そういうことならとわたくし、思いの丈をどストレートにぶちまけることにしました。

「面白かったです‼　それで、ヒロインの胸はもう少し大きい方がいいかなって……‼」

「……いやあれ、もう限界まで大きいと思いますよ……？」

結局ぼくの意見は却下されたのでした。ぎゃふん。


今回も、多くの方々のお力により、この本を刊行することができました。

ウェブ版の読者の皆様、可愛《かわい》すぎるイラスト神のなたーしゃ様、編集のM様、校正様や営業様、書店様、その他もろもろ当作品に関わっていただいた全ての皆様。

そしてなにより、この本を手に取って読んでいただきました、あなた様。

皆様に、心よりの感謝を申し上げます。

富士見ファンタジア文庫

妹《いもうと》が女騎士学園《おんなきしがくえん》に入学《にゅうがく》したらなぜか救国《きゅうこく》の英雄《えいゆう》になりました。ぼくが。5

令和６年３月20日　初版発行

著者――ラマンおいどん

発行者――山下直久

発　行――株式会社KADOKAWA
〒102-8177
東京都千代田区富士見2-13-3
0570-002-301（ナビダイヤル）

印刷所――株式会社暁印刷

製本所――本間製本株式会社

ISBN978-4-04-075341-6 C0193　◇◇◇

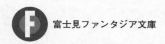

切り拓け！キミだけの王道
ファンタジア大賞
原稿募集中！
賞金
《大賞》300万円
《金賞》50万円
《銀賞》30万円
選考委員
細音啓「キミと僕の最後の戦場、あるいは世界が始まる聖戦」
橘公司「デート・ア・ライブ」
羊太郎「ロクでなし魔術講師と禁忌教典《アカシックレコード》」
ファンタジア文庫編集長
前期締切 8月末日
後期締切 2月末日
公式サイトはこちら！ https://www.fantasiataisho.com/
イラスト／つなこ、猫鍋蒼、三嶋くろね